Vingt mille lieues sous les mers

Version abrégée par Bernard Noël

ISBN : 978-2-211-04510-0

© 1977, l'école des loisirs, Paris
Loi n° 49.956 du 16 juillet 1949 sur les publications
destinées à la jeunesse : septembre 1977
Dépôt légal : avril 2008
Imprimé en France par Hérissey à Évreux
N° d'impression : 107977

Jules Verne

Vingt mille lieues sous les mers

Illustrations de Edouard Riou

Classiques abrégés
l'école des loisirs
11, rue de Sèvres, Paris 6e

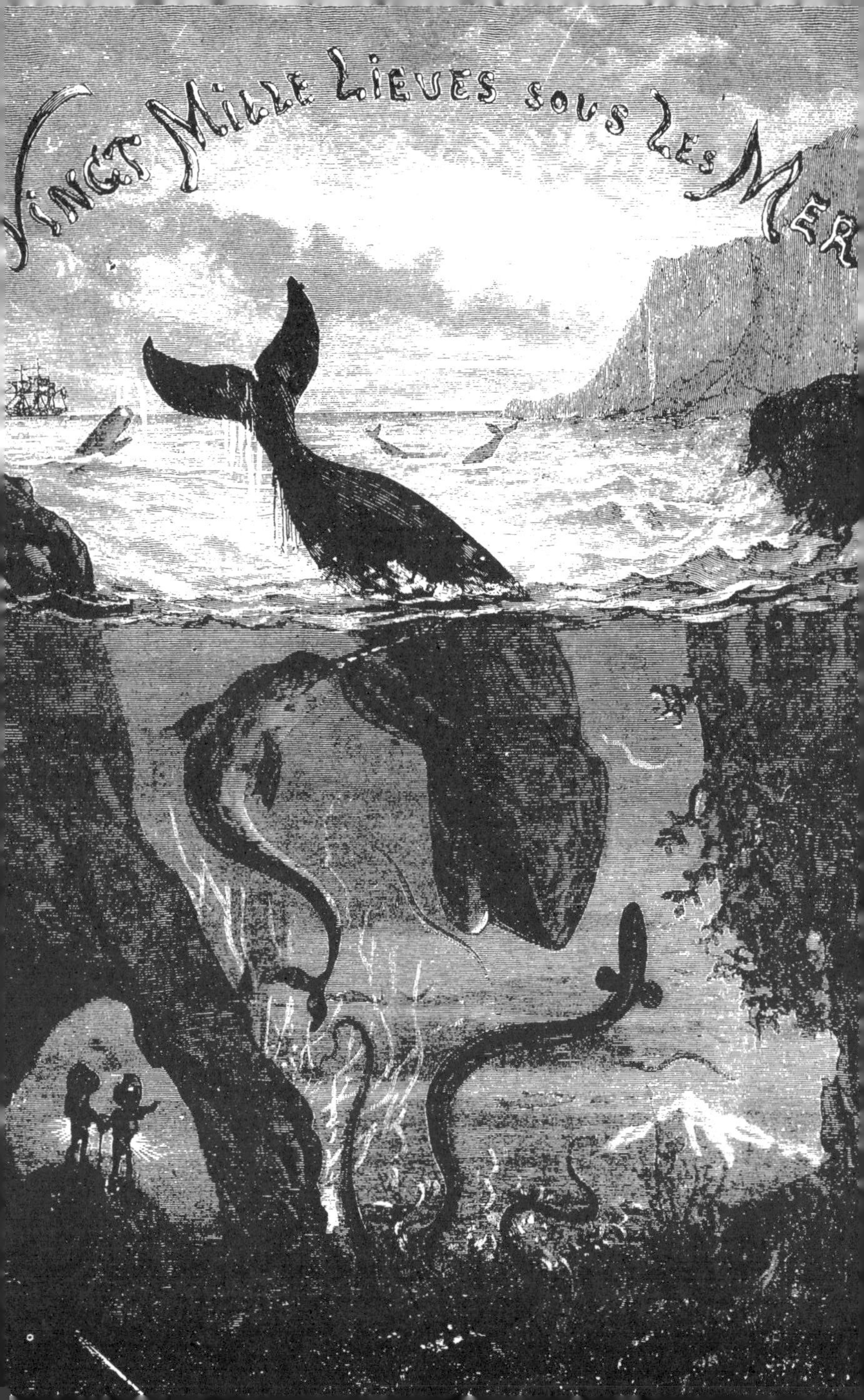
Vingt Mille Lieues sous les Mer

Chapitre I

L'année 1866 fut marquée par un événement bizarre, un phénomène inexpliqué et inexplicable que personne n'a sans doute oublié. Sans parler des rumeurs qui agitaient les populations des ports et surexcitaient l'esprit public à l'intérieur des continents, les gens de mer furent particulièrement émus. En effet, depuis quelque temps, plusieurs navires s'étaient rencontrés sur mer avec "une chose énorme", un objet long, fusiforme, parfois phosphorescent, infiniment plus vaste et plus rapide qu'une baleine.

Les faits relatifs à cette apparition, consignés aux divers livres de bord, s'accordaient assez exactement sur la structure de l'objet ou de l'être en question, la vitesse incalculable de ses mouvements, la puissance surprenante de sa locomotion, la vie particulière dont il semblait doué. Si c'était un cétacé, il surpassait en volume tous ceux que la science avait classés jusqu'alors.

A prendre la moyenne des observations faites à diverses reprises, on pouvait affirmer que cet être phénoménal dépassait de beaucoup toutes les dimensions admises - s'il existait toutefois. Or il existait, le fait en lui-même n'était plus niable. Le 20 juillet 1866, le steamer *Governor-Higginson* avait rencontré cette masse mouvante à cinq milles dans l'est des côtes de l'Australie. Le 23 juillet, le *Cristobal-Colomb* l'avait observé dans les mers du Pacifique. Quinze jours plus tard, à deux mille lieues de là, l'*Helvétia* et le *Shannon,* marchant à contre-bord dans cette partie de l'Atlantique comprise entre les Etats-Unis et l'Europe, se signalèrent respectivement le monstre par 42⁰ 15' de latitude nord et 60⁰ 35' de longitude à l'Ouest du méridien de Greenwich. Ces rapports arrivés coup sur coup émurent profondément l'opinion publique. Dans les pays d'humeur légère, on plaisanta le phénomène, mais les pays graves et pratiques, l'Angleterre, l'Amérique, l'Allemagne s'en préoccupèrent vivement. Partout dans les grands centres, le monstre devint à la mode. On le chanta dans les cafés, on le bafoua dans les journaux, on le joua sur les théâtres.

Le 13 avril 1867, la mer étant belle, la brise maniable, le *Scotia*, appartenant au célèbre armateur anglais Cunard, se trouvait par 15⁰ 12' de longitude et 45⁰ 37' de latitude. Il marchait avec une vitesse de treize nœuds quarante-trois centièmes sous la poussée de ses mille chevaux-vapeur. A quatre heures dix-sept minutes du soir, un choc se produisit sur la coque, par sa hanche et un peu en arrière de la roue de bâbord.

Le *Scotia* n'avait pas heurté, il avait été heurté. L'abordage avait semblé si léger, que personne ne s'en fut inquiété à bord, sans le cri des soutiers qui remontèrent sur le pont en s'écriant : "Nous coulons! Nous coulons!" Tout d'abord, les passagers furent très effrayés ; mais le capitaine Anderson se hâta de les rassurer. Le *Scotia,* divisé en sept compartiments par des cloisons étanches, devait braver impunément une voie d'eau.

Le capitaine fit stopper immédiatement, et l'un des matelots plongea pour reconnaître l'avarie. Quelques instants après, on constatait l'existence d'un trou large de deux mètres dans la carène du steamer. Une telle voie d'eau ne pouvait être aveuglée, et le *Scotia,* ses roues à demi noyées, dut continuer ainsi son voyage. Après trois jours d'un retard qui inquiéta vivement Liverpool, il entra dans les bassins de la Compagnie.

Les ingénieurs procédèrent alors à la visite du *Scotia,* qui fut mis en cale sèche. Ils ne purent en croire leurs yeux. A deux mètres et demi au-dessous de la flottaison s'ouvrait une déchirure régulière, en forme de triangle isocèle. La cassure de la tôle était d'une netteté parfaite, et elle n'eût pas été frappée plus sûrement à l'emporte-pièce. Il fallait donc que l'outil perforant qui l'avait produite fût d'une trempe peu commune - et, après avoir été lancé avec une force prodigieuse, ayant ainsi percé une tôle de quatre centimètres, il avait dû se retirer de lui-même par un mouvement rétrograde et vraiment inexplicable.

Ce dernier fait eut pour résultat que les sinistres maritimes qui n'avaient pas de cause déterminée furent mis sur le compte du monstre. Ce fantastique animal endossa la responsabilité de tous ces naufrages, dont le nombre est malheureusement considérable, et le public demanda catégoriquement que les mers fussent débarrassées à tout prix de ce formidable cétacé.

A l'époque où ces événements se produisirent, je revenais d'une exploration scientifique entreprise dans les mauvaises terres du Nebraska, aux Etats-Unis. En ma qualité de professeur-suppléant au **Muséum** d'histoire naturelle de Paris, le gouvernement français m'avait joint à cette exploration. Après six mois passés dans le Nebraska, chargé de précieuses collections, j'arrivai à New-York vers la fin de mars. Mon départ pour la France était fixé aux premiers jours de mai. Je m'occupais donc, en attendant, de classer mes richesses minéralogiques, botaniques et zoologiques, quand arriva l'incident du *Scotia*.

J'étais parfaitement au courant de la question à l'ordre du jour, et comment ne l'aurais-je pas été ? J'avais lu et relu tous les journaux américains et européens sans être plus avancé. Ce mystère m'intriguait. Dans l'impossibilité de me former une opinion, je flottais d'un extrême à l'autre.

Deux solutions possibles de la question créaient deux clans très distincts de partisans : d'un côté, ceux qui tenaient pour un monstre d'une force colossale ; de l'autre, ceux qui tenaient pour un bateau "sous-marin" d'une extrême puissance motrice.

Or, cette dernière hypothèse, admissible après tout, ne put résister aux enquêtes qui furent poursuivies dans les deux mondes. Le monstre revint donc à flot, et les imaginations se laissèrent bientôt aller aux plus absurdes rêveries.

A mon arrivée à New-York, plusieurs personnes m'avaient fait l'honneur de me consulter sur le phénomène en question. J'avais publié en France un ouvrage in-quarto en deux volumes intitulé *les Mystères des grands fonds sous-marins.* Ce livre, particulièrement goûté du monde savant, faisait de moi un spécialiste dans cette partie assez obscure de l'histoire naturelle. Mon avis me fut demandé. Et même "l'honorable Pierre Aronnax, professeur au Muséum de Paris" fut mis en demeure par le *New-York Herald* de formuler une opinion quelconque. Je m'exécutai et publiai un article très nourri dans le numéro du 30 avril.

Au fond, j'admettais l'existence du "monstre". Les masses liquides transportent les plus grandes espèces connues des mammifères, et peut-être recèlent-elles plus énorme encore ! Autrefois, les animaux terrestres étaient construits sur des gabarits gigantesques. Pourquoi la mer, dans ses profondeurs ignorées, n'aurait-elle pas gardé ces vastes échantillons de la vie d'un autre âge ? Pourquoi ne cacherait-elle pas dans son sein les dernières variétés de ces espèces titanesques, dont les années sont des siècles, et les siècles des millénaires ?

Le public fut d'avis de purger l'océan de ce redoutable monstre. On fit à New-York les préparatifs d'une expédition destinée à le poursuivre. Une régate à éperon, de grande marche, l'*Abraham-Lincoln,* se mit en mesure de prendre la mer au plus tôt. Les arsenaux furent ouverts au commandant Farragut, qui pressa activement l'armement de sa frégate.

Trois heures avant que l'*Abraham-Lincoln* ne quittât le pier de Brooklyn, je reçus une lettre libellée en ces termes :

Monsieur Aronnax,
professeur au Muséum de Paris,
Fifth Avenue hotel.

New-York.

"Monsieur,

Si vous voulez vous joindre à l'expédition de l'*Abraham-Lincoln,* le gouvernement de l'Union verra avec plaisir que la France soit représentée par vous dans cette entreprise. Le commandant Farragut tient une cabine à votre disposition.

Très cordialement votre
J.-B. Hobson
Secrétaire de la marine."

Chapitre II

Trois secondes avant l'arrivée de la lettre de J.-B. Hobson, je ne songeais pas plus à poursuivre la licorne qu'à tenter le passage du Nord-Ouest. Trois secondes après avoir lu la lettre de l'honorable secrétaire de la marine, je comprenais enfin que ma véritable vocation, l'unique but de ma vie, était de chasser ce monstre inquiétant et d'en purger le monde.

"Conseil !" criai-je d'une voix impatiente.

Conseil était mon domestique. Un garçon dévoué qui m'accompagnait dans tous mes voyages ; un brave Flamand que j'aimais et qui me le rendait bien ; un être flegmatique par nature, régulier par principe, zélé par habitude, s'étonnant peu des surprises de la vie, très adroit de ses mains, apte à tout service, et, en dépit de son nom, ne donnant jamais de conseils, — même quand on ne lui demandait pas.

A se frotter aux savants de notre petit monde du Jardin des Plantes, Conseil en était venu à savoir quelque chose. J'avais en lui un spécialiste très ferré sur les classifications d'histoire naturelle, parcourant avec une agilité d'acrobate toute l'échelle des embranchements, des groupes, des classes, des sous-classes, des ordres, des familles, des genres, des sous-genres, des espèces et des variétés. Mais sa science s'arrêtait là. Classer, c'était sa vie, et il n'en savait pas davantage. Très versé dans la théorie de la classification, peu dans la pratique, il n'eût pas distingué, je crois, un cachalot d'une baleine !

Ce garçon avait trente ans, et son âge était à celui de son maître comme quinze à vingt. Qu'on m'excuse de dire ainsi que j'avais quarante ans.

"Conseil !" criai-je.

Conseil parut.

— Monsieur m'appelle ? dit-il en entrant.

— Oui, mon garçon. Prépare-moi, prépare-toi. Nous partons dans deux heures.

— Comme il plaîra à monsieur, répondit tranquillement Conseil.

—Tu sais, mon ami, il s'agit du monstre... du fameux narwal...

Nous allons en purger les mers !... Mission glorieuse... dangereuse aussi ! On ne sait pas où l'on va.

—Comme fera monsieur je ferai, répondit Conseil.

Un quart d'heure après, nos malles étaient prêtes. Conseil avait fait en un tour de main, et j'étais sûr que rien ne manquait, car ce garçon classait les chemises et les habits aussi bien que les oiseaux ou les mammifères.

L'ascenseur de l'hôtel nous déposa au grand vestibule de l'entresol. Je réglai ma note et, Conseil me suivant, je sautai dans une voiture.

Nos bagages furent immédiatement transbordés sur le pont de la frégate. Je me précipitai à bord. Je demandai le commandant Farragut. Un des matelots me conduisit sur la dunette, où je me trouvai en présence d'un officier de bonne mine qui me tendit la main.

"Monsieur Pierre Aronnax ? me dit-il.

—Lui-même, répondis-je. Le commandant Farragut ?

—En personne. Soyez le bienvenu, monsieur le professeur. Votre cabine vous attend".

Je saluai, et laissant le commandant aux soins de son appareillage, je me fis conduire à la cabine qui m'était destinée.

"Nous serons bien ici, dis-je à Conseil.

—Aussi bien, n'en déplaise à monsieur, répondit Conseil, qu'un bernard-l'hermite dans la coquille d'un buccin".

Les quais de Brooklyn et toute la partie de New-York qui borde la rivière de l'Est étaient couverts de curieux. Trois hurrahs, partis de cinq cent mille poitrines éclatèrent successivement. Des milliers de mouchoirs s'agitèrent et saluèrent l'*Abraham-Lincoln* jusqu'à son arrivée dans les eaux de l'Hudson. Alors, la frégate, suivant l'admirable rive droite du fleuve, passa entre les forts qui la saluèrent de leurs plus gros canons. A huit heures du soir, elle courut à toute vapeur sur les sombres eaux de l'Atlantique.

Le commandant Farragut était un bon marin, digne de la frégate qu'il commandait. Son navire et lui ne faisaient qu'un. Sur la question du cétacé, aucun doute ne s'élevait dans son esprit : ou le commandant Farragut tuerait le narwal, ou le narwal tuerait le commandant Farragut. Pas de milieu.

Les officiers de bord partageaient l'opinion de de leur chef. Quant à l'équipage, il ne demandait qu'à rencontrer la licorne, à la harponner, à la hisser à bord, à la dépecer. Il surveillait la mer avec une scrupuleuse attention. D'ailleurs, le commandant Farragut parlait d'une certaine somme de deux mille dollars, réservée à quiconque signalerait l'animal. Je laisse à penser si les yeux s'exerçaient à bord de l'*Abraham-Lincoln*.

Le commandant Farragut avait soigneusement pourvu son navire d'appareils propres à pêcher le gigantesque cétacé. Nous possédions tous les engins connus, depuis le harpon jusqu'aux balles explosives des canardières. Mais il y avait mieux encore. Il y avait Ned Land, le roi des harponneurs.

Ned Land était un Canadien, d'une habileté de main peu commune, et qui ne connaissait pas d'égal dans son périlleux métier. C'était un homme de grande taille, vigoureusement bâti, l'air grave, peu communicatif, violent parfois et très rageur quand on le contrariait. La puissance de son regard accentuait sa physionomie.

Qui dit Canadien, dit Français, et, si peu communicatif que fût Ned Land, je dois avouer qu'il se prit d'une certaine affection pour moi. Ma nationalité l'attirait sans doute. C'était une occasion pour lui de parler, et pour moi d'entendre cette vieille langue de Rabelais qui est encore en usage dans quelques provinces canadiennes. Peu à peu, Ned prit goût à causer, et j'aimais à entendre le récit de ses aventures dans les mers polaires. Il racontait ses pêches et ses combats avec une grande poésie naturelle.

Et maintenant quelle était l'opinion de Ned Land sur la question du monstre marin ? Je dois avouer qu'il ne croyait guère à la licorne, et qu'il ne partageait pas la conviction générale.

Chapitre III

Le voyage de l'*Abraham-Lincoln*, pendant quelque temps, ne fut marqué par aucun accident. La frégate prolongea la côte sud-est de l'Amérique avec une rapidité prodigieuse. Le 3 juillet, nous étions à l'ouvert du détroit de Magellan, à la hauteur du cap des Vierges. Mais le commandant Farragut ne voulut pas prendre ce sinueux passage, et manœuvra de manière à doubler le cap Horn.

Le 6 juillet, vers trois heures du soir, l'*Abraham-Lincoln* doubla cet îlot solitaire, ce roc perdu à l'extrémité du continent américain. La route fut donnée vers le nord-ouest, et, le lendemain, l'hélice de la frégate battit enfin les eaux du Pacifique.

"Ouvre l'œil! ouvre l'œil!" répétaient les marins.

Et ils l'ouvraient démesurément. Jour et nuit, on observait la surface de l'océan. Je n'étais pas le moins attentif du bord, et que de fois j'ai partagé l'émotion de l'état-major, de l'équipage, lorsque quelque capriceuse baleine élevait son dos noirâtre au-dessus des flots! Chacun, la poitrine haletante, l'œil trouble, observait la marche du cétacé. Je regardais, je regardais à en user ma rétine, tandis que Conseil me répétait d'un ton calme:

"Si monsieur voulait avoir la bonté de moins écarquiller les yeux, monsieur verrait bien davantage!"

Mais, vaine émotion! L'*Abraham-Lincoln* modifiait sa route, courait sur l'animal signalé, simple baleine ou cachalot vulgaire, qui disparaissait bientôt au milieu d'un concert d'imprécations!

Le 20 juillet, le tropique du Capricorne fut coupé par 105⁰ de longitude, et le 27 du même mois, nous franchissions l'équateur sur le cent-dixième méridien. Ce relèvement fait, la frégate prit une direction plus décidée vers l'ouest, et s'engagea dans les mers centrales du Pacifique.

Nous étions enfin sur le théâtre des derniers ébats du monstre ! Et, pour tout dire, on ne vivait plus à bord. L'équipage entier subissait une surexcitation nerveuse, dont je ne saurais donner l'idée. On ne mangeait plus, on ne dormait plus. Vingt fois par jour, une erreur d'appréciation, une illusion d'optique de quelque matelot perché sur les barres, causaient d'intolérables émotions.

Pendant trois mois, trois mois dont chaque jour durait un siècle ! l'*Abraham-Lincoln* sillonna toutes les mers septentrionales du Pacifique, courant aux baleines signalées, faisant de brusques écarts de route, virant subitement d'un bord sur l'autre, forçant ou renversant sa vapeur, et il ne laissa pas un point inexploré des rivages du Japon à la côte américaine. Et rien ! rien que l'immensité des flots déserts !

La réaction se fit donc. Le découragement s'empara d'abord des esprits, et ouvrit une brèche à l'incrédulité. Un nouveau sentiment se produisit à bord, qui se composait de trois dixièmes de honte contre sept dixièmes de fureur. On était "tout bête" de s'être laissé prendre à une chimère, mais encore plus furieux !

Cependant, cette recherche inutile ne pouvait se prolonger plus longtemps. L'*Abraham-Lincoln* n'avait rien à se reprocher, ayant tout fait pour réussir. Son insuccès ne saurait lui être imputé ; il ne restait plus qu'à revenir. Une représentation dans ce sens fut faite au commandant. Le commandant, comme autrefois Colomb, demanda trois jours de patience. Si dans le délai de trois jours le monstre n'avait pas paru, l'homme de barre donnerait trois tours de roue, et l'*Abraham-Lincoln* prendrait route vers les mers européennes.

Cette promesse fut faite le 2 novembre. Elle eut tout d'abord pour résultat de ranimer les défaillances de l'équipage. L'océan fut observé avec une nouvelle attention. Mais le soir du 4 novembre arriva sans que se fût dévoilé ce mystère sous-marin.

La frégate se trouvait alors par 31⁰ 15' de latitude nord et par 136⁰ 42' de longitude est. Les terres du Japon nous restaient à moins de deux cent milles sous le vent. La nuit approchait. On venait de piquer huit heures.

En ce moment, j'étais appuyé à l'avant, sur le bastingage de tribord. Conseil, posté près de moi, regardait devant lui. L'équipage, juché dans les haubans, examinait l'horizon qui se rétrécissait et s'obscurcissait peu à peu. Les officiers, armés de leur lorgnette de nuit, fouillaient l'obscurité croissante. Au milieu du silence général, une voix se fit entendre. C'était la voix de Ned Land, et Ned Land criait :

"Ohé ! la chose en question, sous le vent, par le travers à nous !"

A ce cri, l'équipage entier se précipita vers le harponneur. L'ordre de stopper avait été donné, et la frégate ne courait plus que sur son erre. A deux encablures de sa hanche de tribord, la mer

semblait être illuminée par-dessous. Le monstre, immergé à quelques toises de la surface des eaux, projetait cet éclat très intense. "Ce n'est qu'une agglomération de molécules phosphorescentes, s'écria l'un des officiers.

— Non, monsieur, répliquai-je avec conviction. Jamais les pholades ou les salpes n'émettent une si puissante lumière. Cet éclat est de nature essentiellement électrique... D'ailleurs, voyez, voyez ! Il se déplace ! Il s'élance sur nous !"

Un cri général s'éleva de la frégate.

"Silence ! dit le commandant Farragut. La barre au vent, toute ! Machine en arrière !"

Ces ordres furent exécutés, et la frégate s'éloigna rapidement du foyer lumineux. Elle voulut s'éloigner, mais le surnaturel animal se rapprocha avec une vitesse double de la sienne.

Nous étions haletants. La stupéfaction, bien plus que la crainte, nous tenait muets et immobiles. L'animal nous gagnait en se jouant. Il fit le tour de la frégate, puis s'éloigna de deux ou trois milles. Tout d'un coup, des obscures limites de l'horizon où il alla prendre son élan, le monstre fonça sur l'*Abraham-Lincoln* avec une effrayante rapidité, s'arrêta brusquement à vingt pieds, s'éteignit. A chaque instant une collision pouvait se produire, qui nous eût été fatale.

On resta sur le qui-vive jusqu'au jour, et l'on se prépara au combat. Les engins de pêche furent disposés le long des bastingages. Le second fit charger ces espingoles qui lancent un harpon à une distance d'un mille, et de longues canardières à balles explosives dont la blessure est mortelle, même aux plus puissants animaux. Ned Land s'était contenté d'affûter son harpon, arme terrible dans sa main.

À six heures, l'aube commença à poindre.

"La chose en question, par bâbord derrière !" cria le harponneur.

Là, à un mille et demi de la frégate, un long corps noirâtre émergeait d'un mètre au-dessus des flots. L'équipage attendait impatiemment les ordres de son chef. Celui-ci, après avoir attentivement observé l'animal, fit appeler l'ingénieur.

"Monsieur, dit le commandant, vous avez de la pression ?

— Oui, monsieur, répondit l'ingénieur.

— Bien. Forcez vos feux, et à toute vapeur !"

Trois hurrahs accueillirent cet ordre. L'heure de la lutte avait sonné. Quelques instants après, les deux cheminées de la frégate vomissaient des torrents de fumée noire, et le pont frémissait sous le tremblement des chaudières.

L'*Abraham-Lincoln,* chassé en avant par sa puissante hélice, se dirigea droit sur l'animal. Celui-ci le laissa indifféremment s'approcher à une demi-encablure ; puis, dédaignant de plonger, il prit une petite allure de fuite et se contenta de maintenir la distance.

La poursuite se prolongea sans que la frégate gagnât deux toises sur le cétacé. Le commandant tordait avec rage l'épaisse touffe de poils qui foisonnait sous son menton.

"Ingénieur, cria-t-il, faites monter la pression."

Les feux furent poussés; l'hélice donna quarante-trois tours minutes, et la vapeur fusa par les soupapes. Mais le maudit animal filait à la même vitesse. L'ingénieur fut encore une fois appelé.

"Vous avez atteint votre maximum de pression?

— Oui, monsieur, répondit l'ingénieur.

— Et vos soupapes sont chargées?...

— A six atmosphères et demie.

— Chargez-les à dix atmosphères. "

Voilà un ordre américain s'il en fut!

"Conseil, dis-je à mon brave serviteur, sais-tu bien que nous allons probablement sauter!

— Comme il plaira à monsieur!" répondit Conseil.

L'ingénieur obéit. Le manomètre marqua dix atmosphères. Mais le cétacé "chauffa", lui aussi, sans doute, car, sans se gêner, il maintint sa distance. Le commandant Farragut se décida alors à employer des moyens plus directs.

"Ah! dit-il, cet animal-là va plus vite que l'*Abraham-Lincoln!* Eh bien! nous allons voir s'il distancera ses boulets coniques."

Le canon du gaillard fut immédiatement chargé et braqué. Le coup partit, mais le boulet passa à quelques pieds au-dessus du cétacé.

"A un autre plus adroit! cria le commandant, et cinq cents dollars à qui percera cette infernale bête!"

Un vieux canonnier à barbe grise s'approcha de sa pièce, la mit en position et visa longtemps. Une forte détonation éclata. Le boulet atteignit

son but, il frappa l'animal, mais glissant sur sa surface arrondie, il alla se perdre en mer.

La chasse recommença. On pouvait espérer que l'animal s'épuiserait, mais il n'en fut rien. Je n'estime pas à moins de cinq cents kilomètres la distance parcourue pendant cette malencontreuse journée du 6 novembre ! Mais la nuit vint et enveloppa de ses ombres le houleux océan. Je crus que notre expédition était terminée et que nous ne reverrions plus jamais le fantastique animal.

Vers dix heures cinquante minutes du soir, la clarté électrique réapparut, à trois milles au vent de la frégate. Le narwal semblait immobile. Peut-être, fatigué de sa journée, dormait-il ? Il y avait là une chance dont le commandant Farragut résolut de profiter.

Il donna ses ordres. La frégate s'avança prudemment pour ne pas éveiller son adversaire. Ned Land alla reprendre son poste dans les sous-barbes du beaupré.

La frégate s'approcha sans bruit, stoppa à deux encablures de l'animal. Un silence profond régnait sur le pont. Ned Land, accroché d'une main à la martingale, de l'autre brandissait son terrible harpon. Vingt pieds à peine le séparaient de l'animal immobile.

Tout d'un coup, son bras se détendit violemment, et le harpon fut lancé. J'entendis le choc de l'arme qui semblait avoir heurté un corps dur.

La clarté électrique s'éteignit soudain, et deux énormes trombes d'eau s'abattirent sur le pont, renversant les hommes, brisant les saisines et les dromes.

Un choc effroyable se produisit, et, lancé par-dessus la lisse, sans avoir le temps de me retenir, je fus précipité à la mer.

Chapitre IV

Je suis bon nageur, sans prétendre égaler Byron et Edgar Poe, qui furent des maîtres, et ce plongeon ne me fit pas perdre la tête. Deux vigoureux coups de talon me ramenèrent à la surface de la mer. Les ténèbres étaient profondes. J'entrevis une masse noire qui disparaissait vers l'est, et dont les feux de position s'éteignirent dans l'éloignement. C'était la frégate. Je me sentis perdu.

"A moi ! à moi !" criai-je, en nageant vers l'*Abraham-Lincoln* d'un bras désespéré.

Mes vêtements m'embarrassaient. L'eau les collait à mon corps. Ils paralysaient mes mouvements. Je coulais ! Je suffoquais !...

"A moi !"

Ce fut le dernier cri que je jetai. Ma bouche s'emplit d'eau. Je me débattis, entraîné dans l'abîme...

Soudain mes habits furent saisis par une main vigoureuse, je me sentis violemment ramené à la surface de la mer, et j'entendis, oui, j'entendis ces paroles prononcées à mon oreille :

"Si monsieur veut avoir l'extrême obligeance de s'appuyer sur mon épaule, monsieur nagera beaucoup plus à son aise."

Je saisis d'une main le bras de mon fidèle Conseil.

"Toi ! dis-je, toi !

— Moi-même, répondit Conseil, et aux ordres de monsieur.

— Et ce choc t'a précipité en même temps que moi à la mer ?

— Nullement. Mais étant au service de monsieur j'ai suivi monsieur."

L'imperturbable sang-froid de Conseil me remonta. Je nageai plus vigoureusement ; mais, gêné par mes vêtements qui me serraient comme une chape de plomb, j'éprouvais une extrême difficulté à me soutenir. Conseil s'en aperçut.

"Que monsieur me permette de lui faire une incision," dit-il.

Et glissant un couteau ouvert sous mes habits, il les fendit de haut en bas d'un coup rapide. Puis, il m'en débarrassa lestement, tandis que je nageais pour tous les deux. A mon tour, je rendis le même service à Conseil, et nous continuâmes de "naviguer" l'un près de l'autre. Cependant, la situation n'en était pas moins terrible.

Je résolus alors de diviser nos forces afin de ne pas les épuiser simultanément, et voici ce qui fut convenu : pendant que l'un de nous, étendu sur le dos, se tiendrait immobile, les bras croisés, les jambes allongées, l'autre nagerait et le pousserait en avant. Ce rôle de remorqueur ne devait pas durer plus de dix minutes, et, nous relayant ainsi, nous pouvions surnager pendant quelques heures, et peut-être jusqu'au lever du jour.

Vers une heure du matin, je fus pris d'une

extrême fatigue. Mes membres se raidirent sous l'étreinte de crampes violentes. Je voulus crier. Mes lèvres gonflées ne laissèrent passer aucun son. Conseil put articuler quelques mots, et je l'entendis répéter à plusieurs reprises :

"A nous ! à nous !"

Il me sembla qu'un cri répondait au cri de Conseil, qui jeta dans l'espace un nouvel appel désespéré.

En cet instant, un corps dur me heurta. Je m'y cramponnai. Puis, je sentis qu'on me retirait, que ma poitrine se dégonflait, et je m'évanouis... Je revins promptement à moi, grâce à de vigoureuses frictions. J'entrouvris les yeux. J'aperçus une figure qui n'était pas celle de Conseil et que je reconnus aussitôt.

"Ned ! m'écriai-je.

— En personne, monsieur, et qui court après sa prime !

— Vous avez été précipité à la mer au choc de la frégate ?

— Oui, monsieur le professeur, mais plus favorisé que vous, j'ai pu prendre pied presque immédiatement sur un îlot flottant.

— Un îlot ?

— Ou, pour mieux dire, sur votre narwal gigantesque. Seulement, j'ai bientôt compris pourquoi mon harpon n'avait pu l'entamer et s'était émoussé sur sa peau.

— Pourquoi, Ned, pourquoi ?

— C'est que cette bête-là, monsieur le professeur, est faite en tôle d'acier !"

Le dos noirâtre qui me supportait était lisse,

poli. Il rendait au choc une sonorité métallique, et, si incroyable que cela fût, il était fait de plaques boulonnées.

Le doute n'était pas possible ! L'animal, le monstre, qui avait intrigué le monde tout entier, était un phénomène plus étonnant encore, un phénomène de main d'homme... Nous étions étendus sur le dos d'un immense poisson d'acier. L'opinion de Ned Land était faite sur ce point. Conseil et moi, nous ne pûmes que nous y ranger. Quels êtres vivaient dans cet étrange bateau ? Quel agent mécanique lui permettait de se déplacer avec une si prodigieuse vitesse ?

Soudain, un bruit de ferrures violemment poussées se produisit à l'intérieur du bateau. Une plaque se souleva, un homme parut, jeta un cri bizarre et disparut aussitôt.

Quelques instants après, huit solides gaillards, le visage voilé, apparaissaient silencieusement, et nous entraînaient dans leur formidable machine.

Chapitre V

Cet enlèvement s'était accompli avec la rapidité de l'éclair. Je sentis mes pieds nus se cramponner aux échelons d'une échelle de fer. Ned Land et Conseil, vigoureusement saisis, me suivaient. Au bas de l'échelle, une porte s'ouvrit et se referma immédiatement sur nous avec un retentissement sonore.

Tout était noir. Une demi-heure s'était écoulée, quand, d'une extrême obscurité, nos yeux passèrent subitement à la plus violente lumière. Notre prison ne contenait qu'une table et cinq escabeaux. Un bruit de verrous se fit entendre, la porte s'ouvrit, deux hommes parurent.

L'un était de petite taille, vigoureusement musclé, large d'épaules, la tête forte, la chevelure abondante et noire, le regard vif et pénétrant, et, dans toute sa personne, empreint de cette vivacité méridionale qui caractérise en France les populations provençales. Le second respirait le calme, l'énergie, le courage. Son regard ferme semblait refléter de hautes pensées, et de l'homogénéité des expressions dans les gestes du corps et du visage, il résultait une indiscutable franchise. Je me sentis rassuré en sa présence et j'augurai bien de notre entrevue. Il nous examina avec une extrême attention, sans prononcer une parole. Puis, se tournant vers son compagnon, il s'entretint avec lui dans une langue que je ne pus reconnaître. C'était un idiome sonore, harmonieux, flexible, dont les voyelles semblaient soumises à une accentuation très variée. L'autre répondit par un hochement de tête, puis du regard il parut m'interroger directement.

Je commençai le récit de nos aventures, articulant nettement toutes les syllabes, et sans omettre un seul détail. Je déclinai nos noms et qualités ; puis je présentai dans les formes le professeur Aronnax, son domestique Conseil, et maître Ned Land, le harponneur.

L'homme aux yeux doux et calmes m'écouta

tranquillement, poliment même, et avec une attention remarquable. Mais rien dans sa physionomie n'indiqua qu'il eût compris mon histoire. Quand j'eus fini, il ne prononça pas un seul mot.

Restait encore la ressource de parler anglais. Ned ne se fit pas prier et recommença mon récit. Il y mit beaucoup d'animation, gesticula, cria, se plaignit d'être emprisonné et, finalement, fit comprendre par un geste expressif que nous mourrions de faim.

A sa grande stupéfaction, le harponneur ne parut pas avoir été plus intelligible que moi. Je ne savais plus quel parti prendre, quand Conseil me dit :

"Si monsieur m'y autorise, je raconterai la chose en allemand.

— Comment ! tu sais l'allemand ? m'écriai-je.

— Comme un Flamand, n'en déplaise à monsieur.

— Cela me plaît au contraire. Va, mon garçon."

Mais, malgré les élégantes tournures et la belle accentuation du narrateur, la langue allemande n'eut aucun succès. Enfin, poussé à bout, je rassemblais tout ce qui me restait de mes premières études, et j'entrepris de narrer nos aventures en latin. Cicéron se fût bouché les oreilles et m'eût renvoyé à la cuisine. Cependant, je parvins à m'en tirer. Même résultat négatif.

Cette dernière tentative définitivement avortée, les deux inconnus échangèrent quelques mots dans leur incompréhensible langage, et se retirèrent. La porte se referma.

"C'est une infamie ! s'écria Ned Land. Mon opinion est faite, ce sont des coquins...

— Bon ! et de quel pays ?

— Du pays des coquins !..."

Comme il disait ces mots, la porte s'ouvrit. Un steward entra. Il nous apportait des vêtements, vestes et culottes de mer, faites d'une étoffe dont je ne reconnus pas la nature. Je me hâtai de les revêtir, et mes compagnons m'imitèrent.

Pendant ce temps, le steward avait disposé la table et placé trois couverts. Les plats, recouverts de leur cloche d'argent, furent systématiquement posés sur la nappe, et nous prîmes place à table, Le pain et le vin manquaient totalement. L'eau était fraîche et limpide, mais c'était de l'eau - ce qui ne fut pas du goût de Ned Land. Parmi les mets quinous furent servis, je reconnus divers poissons délicatement apprêtés. Quant au service de table, il était élégant et d'un goût parfait. Chaque ustensile, cuiller, fourchette, couteau, assiette, portait une lettre entourée d'une devise en exergue, et dont voici le *fac-similé* exact :

$$\text{MOBILIS IN MOBILI}$$
$$N$$

Mobile dans l'élément mobile ! Cette devise s'appliquait justement à cet appareil sous-marin. La lettre N formait sans doute l'initiale du nom de l'énigmatique personnage qui commandait au fond des mers !

Ned et Conseil ne faisaient pas tant de réflexions. Ils dévoraient, et je ne tardai pas à les imiter. Notre appétit satisfait, le besoin de sommeil se fit impérieusement sentir. Mes deux compagnons s'étendirent sur le tapis, et furent bientôt plongés dans un profond sommeil. Pour mon compte, je cédai moins facilement à ce violent besoin de dormir. Trop de questions se pressaient dans mon esprit. Où étions-nous ? Quelle étrange puissance nous emportait ? Puis mon imagination se calma, et je tombai dans un morne sommeil.

Quelle fut la durée de ce sommeil, je l'ignore ; mais il dut être long, car il nous reposa complètement de nos fatigues. A peine étions-nous debout qu'un bruit se fit entendre extérieurement. Des pas résonnèrent sur la dalle de métal. Les serrures furent fouillées, la porte s'ouvrit, l'homme au regard calme entra, et je fus cloué à ma place en l'entendant s'adresser à nous en français.

Chapitre VI

"Messieurs, dit-il d'une voix pénétrante, je parle également le français, l'anglais, l'allemand et le latin. J'aurais donc pu vous répondre dès votre première entrevue, mais je voulais vous connaître d'abord, réfléchir ensuite. J'ai beaucoup hésité. Les plus fâcheuses circonstances vous ont mis en présence d'un homme qui a rompu avec l'humanité. Vous êtes venus troubler mon existence...

— Involontairement, dis-je.

— Involontairement ? Est-ce involontairement que l'*Abraham-Lincoln* me chasse sur toutes les mers ? Est-ce involontairement que vous avez pris passage à bord de cette frégate ? Vous comprenez donc que j'ai le droit de vous traiter en ennemis...

— Ce n'est pas le droit d'un homme civilisé, répondis-je.

— Monsieur le professeur, répliqua vivement l'inconnu, je ne suis pas ce que vous appelez un homme civilisé ! J'ai rompu avec la société tout entière pour des raisons que moi seul j'ai le droit d'apprécier. Je n'obéis point à ses règles, et je vous engage à ne jamais les invoquer devant moi... Vous resterez à mon bord puisque la fatalité vous y a jetés. Vous serez libres...

— Pardon, m'exclamai-je, nous serons libres à votre bord ?

— Entièrement.

- Je vous demanderai donc ce vous entendez par cette liberté.

— Mais, la liberté d'aller, de venir, de voir, d'observer même tout ce qui se passe ici...

— Pardon, monsieur, repris-je, mais cette liberté ce n'est que celle que tout prisonnier a de parcourir sa prison ! Elle ne peut nous suffire.

— Il faudra cependant, qu'elle vous suffise !

— Quoi ! nous devons renoncer à revoir jamais notre patrie, nos amis, nos parents !

— Oui monsieur.

— Par exemple, s'écria Ned Land, jamais je ne donnerai ma parole de ne pas chercher à me sauver !

— Je vous demande pas de parole, maître Land, répondit froidement le commandant.

— Monsieur, répondis-je, emporté malgré moi, vous abusez de votre situation envers nous ! C'est de la cruauté

— Non, monsieur, c'est de la clémence ! Vous êtes mes prisonniers après combat. Je vous garde, quand je pourrais d'un mot vous replonger dans les abîmes de l'océan !

— Ainsi, monsieur, repris-je, vous nous donnez tout simplement à choisir entre la vie ou la mort ?

— Tout simplement. Puis d'une voix plus douce, il reprit : Maintenant, permettez-moi d'achever ce que j'ai à vous dire. Je vous connais, monsieur Aronnax. Vous trouverez parmi les livres qui servent à mes études favorites cet ouvrage que vous avez publié sur les grands fonds de la mer. Je l'ai souvent lu. Vous avez poussé votre œuvre aussi loin que vous le permettait la science terrestre. Mais vous ne savez pas tout, vous n'avez pas tout vu. Laissez-moi vous dire que vous ne regretterez pas le temps passé à mon bord. A partir de ce jour, vous entrez dans un nouvel élément, vous verrez ce que n'a vu encore aucun homme."

Je ne puis le nier ; ces paroles firent sur moi un grand effet. J'étais pris là par mon faible, et j'oubliai, pour un instant, que la contemplation de ces choses sublimes ne pouvait valoir la liberté perdue.

"Une dernière question, dis-je, au moment où cet être inexplicable semblait vouloir se retirer.

— Parlez, monsieur le professeur.

— De quel nom dois-je vous appeler?

— Monsieur, répondit-il, je ne suis pour vous que le capitaine Nemo. Vos compagnons et vous, n'êtes pour moi que les passagers du *Nautilus*."

Le capitaine Nemo appela. Un steward parut. Le capitaine lui donna ses ordres dans cette langue étrangère que je ne pouvais reconnaître. Puis, se tournant vers le Canadien et Conseil:

"Un repas vous attend dans votre cabine, leur dit-il. Veuillez suivre cet homme.

— Ce n'est pas de refus!" répondit le harponneur.

Conseil et lui sortirent enfin de cette cellule où ils étaient renfermés depuis plus de trente heures.

"Et maintenant, monsieur Aronnax, notre déjeuner est prêt. Permettez-moi de vous précéder.

— A vos ordres, capitaine."

Je suivis le capitaine Nemo, et dès que j'eus franchi la porte, je pris une sorte de couloir électriquement éclairé, semblable aux coursives d'un navire. Après un parcours d'une dizaine de mètres, une seconde porte s'ouvrit devant moi.

J'entrai alors dans une salle à manger, ornée et meublée avec un goût sévère. Au centre de la salle était une table richement servie. Le capitaine Nemo m'indiqua la place que je devais occuper.

"Asseyez-vous, me dit-il, et mangez comme un homme qui doit mourir de faim."

Le déjeuner se composait d'un certain nombre de plats dont la mer seule avait fourni le contenu. Et je goûtais, plutôt en curieux qu'en gourmet, tandis que le capitaine Nemo m'enchantait par ses récits.

"La mer, disait-il, la mer est tout. C'est l'immense désert où l'homme n'est jamais seul, car il sent frémir la vie à ses côtés. La mer est le vaste réservoir de la nature. C'est par la mer que le globe a commencé, et qui sait s'il ne finira pas par elle! Là est la suprême tranquilité. La mer n'appartient pas aux despotes. A sa surface, ils peuvent encore transporter toutes les horreurs terrestres, mais à trente pieds au-dessous de son niveau, leur pouvoir cesse. Ah! monsieur, là seulement est l'indépendance! là je ne reconnais pas de maîtres! Là je suis libre!"

Le capitaine Nemo se tut subitement au milieu de cet enthousiasme qui débordait de lui. Puis, sa physionomie reprit sa froideur, et, se tournant vers moi:

"Maintenant, monsieur le professeur, dit-il, si vous voulez visiter le *Nautilus,* je suis à vos ordres."

Chapitre VII

Le capitaine Nemo se leva. Je le suivis. Une double porte, ménagée à l'arrière de la salle, s'ouvrit et j'entrai dans une chambre de dimension égale à celle que je venais de quitter. C'était une bibliothèque.

De hauts meubles en palissandre noir, incrustés de cuivre, supportaient sur leurs larges rayons un grand nombre de livres uniformément reliés.

"Capitaine Nemo, dis-je à mon hôte, voilà une bibliothèque qui ferait honneur à plus d'un palais des continents, et je suis vraiment émerveillé, quand je songe qu'elle peut vous suivre au plus profond des mers. Vous possédez là six ou sept mille volumes...

— Douze mille, monsieur Aronnax, et ils sont à votre disposition."

Je remerciai le capitaine Nemo, et je m'approchai des rayons de la bibliothèque. Livres de science, de morale et de littérature, écrits en toute langue, y abondaient. A ce moment, le capitaine ouvrit une porte qui faisait face à celle par laquelle j'étais entré dans la bibliothèque, et je passai dans un salon immense et splendidement éclairé.

C'était un vaste quadrilatère, à pans coupés, long de dix mètres, large de six, haut de cinq. Un plafond lumineux distribuait un jour clair et doux sur toutes les merveilles entassées dans ce musée. Car c'était réellement un musée dans lequel une main intelligente et prodigue avait réuni tous les trésors de la nature et de l'art. Une trentaine de tableaux de maîtres ornaient les parois tendues de tapisseries d'un dessin sévère. Les diverses écoles des maîtres anciens étaient représentées par une madone de Raphaël, une vierge de Léonard de Vinci, une nymphe du Corrège, une femme du Titien, une adoration de Véronèse, une assomption de Murillo, un portrait d'Holbein, un moine de Velasquez, une kermesse de Rubens, deux toiles de Géricault et de Prud'hon. Parmi les œuvres de la peinture moderne apparaissaient des tableaux signés Delacroix, Ingres...

Auprès des œuvres de l'art, les raretés naturelles tenaient une place très importante, Elles consistaient principalement en plantes, en coquilles et autres productions de l'Océan, qui devaient être les trouvailles personnelles du capitaine Nemo. L'embranchement des zoophytes offrait de très curieux spécimens de ses deux groupes des polypes et des échinodermes. Dans le premier groupe, des tubipores, des gorgones disposées en éventail, des éponges douces de Syrie, des isis des Moluques, des pennatules, une virgulaire admirable des mers de Norvège, des ombellulaires variées, des alcyonnaires ; dans les échinodermes, remarquables par leur enveloppe épineuse, les astéries, les étoiles de mer, les pantacrines, les comatules... Un conchyliologue un peu nerveux se serait pâmé certainement devant d'autres vitrines plus nombreuses où étaient classés les échantillons de l'embranchement des mollusques. Je vis là une collection d'une valeur inestimable.

"Monsieur Aronnax, m'interrompit le capitaine Nemo, je vous ai dit que vous seriez libre à mon bord, et par conséquent aucune partie du *Nautilus* ne vous est interdite. Vous pouvez donc

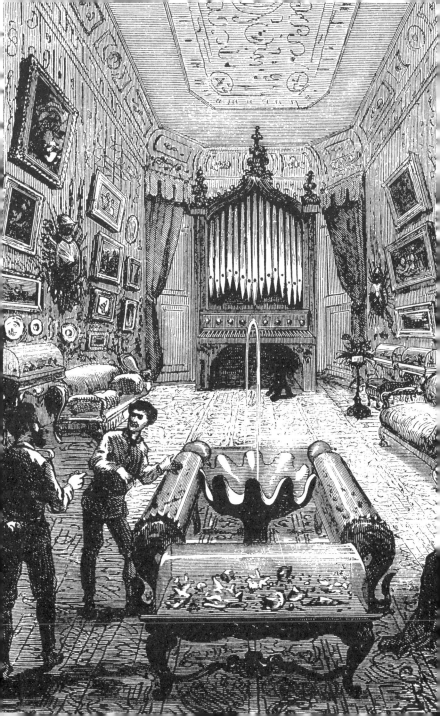

le visiter en détail, mais auparavant venez visiter la cabine qui vous est réservée. Il faut que vous sachiez comment vous serez installé."

Le capitaine Nemo me conduisit vers l'avant, et là je trouvai non pas une cabine, mais une chambre élégante, avec lit, toilette et divers autres meubles. Je ne pus que remercier mon hôte.

"Votre chambre est contiguë à la mienne, me dit-il en ouvrant une porte, et la mienne donne sur le salon que nous venons de quitter."

J'entrai dans la chambre du capitaine. Elle avait un aspect sévère, presque cénobitique. Une couchette de fer, une table de travail, quelques meubles de toilette. Le tout éclairé par un demi-jour. Rien de confortable. Le strict nécessaire seulement. Le capitaine Nemo me montra un siège.

"Veuillez vous asseoir," me dit-il.

Je m'assis, et il prit la parole en ces termes :

"Monsieur, dit-il en me montrant les instruments suspendus aux parois de sa chambre, voici les appareils exigés par la navigation du *Nautilus*. Je les ai toujours sous les yeux, et ils m'indiquent ma situation et ma direction exacte au milieu de l'Océan. Les uns vous sont connus, tels que le thermomètre, le baromètre, l'hygromètre...

Mais ces autres dont je ne devine pas l'emploi?

— Ici, monsieur le professeur, je dois vous donner quelques explications... Il est un agent puissant, obéissant, rapide, facile, qui se plie à tous les usages et qui règne en maître à mon bord.

Tout se fait par lui. Il m'éclaire, il me chauffe, il est l'âme de mes appareils mécaniques. Cet agent, c'est l'électricité.

—L'électricité! m'écriai-je assez surpris. Jusqu'ici sa puissance dynamique est restée très restreinte et n'a pu produire que de petites forces!

—Monsieur, répondit le capitaine Nemo, mon électricité n'est pas celle de tout le monde, et c'est là tout ce que vous me permettrez de vous en dire... Nous n'avons pas fini, et si vous voulez me suivre, nous visiterons l'arrière du *Nautilus*.

En effet, je connaissais déjà toute la partie antérieure, dont voici la division exacte en allant du centre à l'éperon: la salle à manger de cinq mètres, séparée de la bibliothèque par une cloison étanche, c'est-à-dire ne pouvant être pénétrée par l'eau, la bibliothèque de cinq mètres, le grand salon de dix mètres, séparé de la chambre du capitaine par une seconde cloison étanche, ladite chambre du capitaine de cinq mètres, la mienne de deux mètres cinquante, et enfin un réservoir d'air de sept mètres cinquante. Total, trente-cinq mètres de longueur.

Je suivis le capitaine Nemo et j'arrivai au centre du navire. Là se trouvait une sorte de puits qui s'ouvrait entre deux cloisons étanches. Une échelle de fer, cramponnée à la paroi, conduisait à son extrémité supérieure. Je demandai à quel usage servait cette échelle.

"Elle aboutit au canot.

—Quoi! vous avez un canot? répliquai-je assez étonné.

—Sans doute. Une excellente embarcation, légère et insubmersible, qui sert à la promenade et à la pêche. Ce canot adhère à la partie supérieure de la coque du *Nautilus* et occupe une cavité disposée pour le recevoir. Il est entièrement ponté, absolument étanche et retenu par de solides boulons."

Après avoir dépassé la cage de l'escalier qui aboutissait à la plate-forme, je vis une cabine, longue de deux mètres, dans laquelle Conseil et Ned, enchantés de leur repas, s'occupaient à le dévorer à belles dents. Puis, une porte s'ouvrit sur la cuisine longue de trois mètres, située entre les vastes cambuses du bord.

Là, l'électricité faisait tous les frais de la cuisson. Elle chauffait également les appareils distillatoires qui, par la vaporisation, fournissaient une excellente eau potable. Auprès de cette cuisine s'ouvrait une salle de bains, confortablement disposée, et dont les robinets fournissaient l'eau froide et l'eau chaude, à volonté.

A la cuisine succédait le poste de l'équipage, long de cinq mètres. Mais la porte en était fermée, et je ne pus voir son aménagement, qui m'eût peut-être fixé sur le nombre d'hommes nécessité par la manœuvre du *Nautilus.*

Au fond s'élevait une quatrième cloison étanche qui séparait ce poste de la chambre des machines. Une porte s'ouvrit, et je me trouvai dans ce compartiment où le capitaine Nemo, - ingénieur de premier ordre, à coup sûr, - avait disposé ses appareils de locomotion.

Cette chambre des machines, nettement éclairée, ne mesurait pas moins de vingt mètres de

long. Elle était naturellement divisée en deux parties ; la première renfermait les éléments qui produisaient l'électricité, et la seconde, le mécanisme qui transmettait le mouvement à l'hélice.

Un instant après, étant retournés au salon, le capitaine mit sous mes yeux une épure qui donnait les plans, coupe et élévation du *Nautilus*. Puis il commença en ces termes :

"Voici, monsieur Aronnax, les diverses dimensions du bateau qui vous porte. C'et un cylindre très allongé, à bouts coniques. Il affecte sensiblement la forme d'un cigare. La longueur, de tête en tête, est exactement de soixante-dix mètres, et son bau, à sa plus grande largeur, est de huit mètres. Ces deux dimensions vous permettent d'obtenir la surface et le volume du *Nautilus*. Sa surface comprend mille onze mètres carrés et quarante-cinq centièmes ; son volume, quinze cents mètres cubes et deux dixièmes, - ce qui revient à dire qu'entièrement immergé, il déplace ou pèse quinze cents mètres cubes ou tonneaux.

"Le *Nautilus* se compose de deux coques, l'une intérieure, l'autre extérieure, réunies entre elles par des fers en T qui lui donnent une rigidité extrême. En effet, grâce à cette disposition cellulaire, il résiste comme un bloc, comme s'il était plein. Ces deux coques sont fabriquées en tôle d'acier. La première n'a pas moins de cinq centimètres d'épaisseur."

Une question, indiscrète peut-être, se posait naturellement, et je ne pus me retenir de la faire.

"Vous êtes donc ingénieur, capitaine Nemo ?

— Oui, monsieur le professeur, j'ai étudié à Londres, à Paris, à New-York, du temps que j'étais un habitant des continents.

— Mais comment avez-vous pu construire, en secret, cet admirable *Nautilus*?

— Chacun de ses morceaux, monsieur Aronnax, m'est arrivé d'un point différent du globe, et sous une destination déguisée. Sa quille a été forgée au Creusot, en France, son arbre d'hélice chez Pen et C⁰, de Londres, les plaques de tôle de sa coque chez Leard, de Liverpool, son éperon dans les ateliers de Motala, en Suède...

— Mais repris-je, ces morceaux fabriqués, il a fallu les monter, les ajuster.

— Monsieur, j'avais établi mes ateliers sur un îlot désert, en plein océan. Là, mes ouvriers, c'est-à-dire mes braves compagnons, que j'ai instruits et formés, et moi, nous avons achevé notre *Nautilus*. Puis, l'opération terminée, le feu a détruit toute trace de notre passage sur cet îlot.

— Une dernière question, capitaine Nemo.

— Faites, monsieur le professeur.

— Vous êtes donc riche?

— Riche à l'infini, monsieur, et je pourrais, sans me gêner, payer les douze milliards de dettes de la France!"

Chapitre VIII

"Monsieur le professeur, me dit le capitaine Nemo, nous allons relever exactement notre position, et fixer le point de départ de ce voyage. Je vais remonter à la surface des eaux."

Le capitaine pressa trois fois un timbre électrique. Les pompes commencèrent à chasser l'eau des réservoirs ; l'aiguille du manomètre marqua le mouvement ascensionnel du *Nautilus,* puis elle s'arrêta.

"Nous sommes arrivés," dit le capitaine.

Je me rendis à l'escalier central qui aboutissait à la plate-forme et gravis les marches de métal. La plate-forme émergeait de quatre-vingts centimètres seulement. Vers son milieu, le canot, à demi-engagé dans la coque du navire, formait une légère extumescence. En avant et en arrière s'élevaient deux cages de hauteur médiocre, à parois inclinées, et en partie fermées par d'épais verres lenticulaires : l'une destinée au timonier qui dirigeait le *Nautilus,* l'autre où brillait le puissant fanal électrique qui éclairait sa route.

Le capitaine Nemo, muni de son sextant, prit la hauteur du soleil, qui devait lui donner sa latitude.

"Monsieur Aronnax, nous sommes par cent trente-sept degrés et quinze minutes de longitude à l'ouest...

— De quel méridien ? demandai-je vivement, espérant que la réponse du capitaine m'indiquerait peut-être sa nationalité.

— Monsieur, en votre honneur, je me servirai de celui de Paris. Cent trente-sept degrés et quinze minutes de longitude à l'ouest du méridien de Paris, et par trente degrés et sept minutes de latitude nord, c'est-à-dire à trois cents milles environ des côtes du Japon. C'est aujourd'hui, 8 no-

vembre, à midi, que commence notre voyage d'exploration sous les eaux.

— Dieu nous garde ! répondis-je.

— Et maintenant, monsieur le professeur, je vous laisse à vos études. Le salon est à votre disposition, et je vous demande la permission de me retirer."

Je restai seul, absorbé dans mes pensées. Plus tard, Ned Land et Conseil apparurent à la porte du salon. Ils furent pétrifiés à la vue des merveilles entassées devant leurs yeux. Je leur appris tout ce que je savais et leur demandai ce qu'ils avaient entendu ou vu de leur côté.

"Rien vu, rien entendu, répondit le Canadien. Mais ne pouvez-vous me dire combien d'hommes il y a à bord : dix, vingt, cent ?

— Je ne saurais vous répondre, maître Land, mais croyez-moi, abandonnez pour le moment toute idée de fuite. Ce bateau est un des chefs-d'œuvre de l'industrie moderne, et je regretterais de ne pas l'avoir vu !

— Voir ! s'écria le harponneur, mais on ne voit rien hors de cette prison de tôle..."

Ned Land prononçait ces mots, quand l'obscurité se fit subitement. Un glissement se fit entendre. On eût dit que les panneaux se manœuvraient sur les flancs du *Nautilus*. Soudain le jour se fît de chaque côté du salon à travers deux ouvertures oblongues. Les masses liquides apparurent vivement éclairées par les effluences électriques. Deux plaques de cristal nous séparaient de la mer, qui était distinctement visible dans un

rayon d'un mille autour du *Nautilus*. Quel spectacle ! Quelle plume le pourrait décrire !

On connaît la diaphanéité de la mer. On sait que sa limpidité l'emporte sur celle de l'eau de roche. L'obscurité du salon faisait valoir la clarté extérieure, et nous regardions comme si ce pur cristal eût été la vitre d'un immense aquarium. Emerveillés, nous étions accoudés devant ces vitrines, dans une silence de stupéfaction.

Pendant deux heures, toute une armée aquatique fit escorte au *Nautilus*. Notre admiration se maintenait toujours au plus haut point. Nos interjections ne tarissaient pas. Ned nommait les poissons, Conseil les classait ; moi je m'extasiais devant la vivacité de leurs allures et la beauté de leurs formes.

Subitement le jour se fit dans le salon. Les panneaux de tôle se refermèrent. L'enchanteresse vision disparut, mais longtemps je rêvai encore. Ned Land et Conseil retournèrent dans leur cabine. Moi, je regagnai ma chambre. Mon dîner s'y trouvait préparé.

Je passai la soirée à lire, à écrire, à penser. Le lendemain, 9 novembre, je ne me réveillai qu'après douze heures de sommeil, et passai la journée à étudier les trésors entassés sous les vitrines. Le capitaine Nemo ne parut pas. Le 10 novembre, même abandon, même solitude. Je ne vis personne de l'équipage. Ned et Conseil passèrent la plus grande partie de la journée avec moi. Le 11, de grand matin, l'air frais répandu à l'intérieur du *Nautilus* m'apprit que nous étions revenus à la surface. Je montai sur la plate-forme.

J'entendis quelqu'un et me préparais à saluer le capitaine Nemo, mais ce fut son second qui parut. Il ne sembla pas s'apercevoir de ma présence. Une puissante lunette aux yeux, il scruta tous les points de l'horizon, puis s'approcha du panneau et prononça une phrase dont voici exactement les termes :

"Nautron respoc lorni virch."

Ce qu'elle signifiait, je ne saurais le dire.

Cinq jours s'écoulèrent ainsi sans que la situation se modifiât. Le capitaine Nemo ne paraissait pas. Le 16 novembre, je trouvai sur ma table un billet libellé en ces termes :

"Monsieur le professeur Aronnax,
à bord du *Nautilus*.
16 novembre 1867.

"Le capitaine Nemo invite monsieur le professeur Aronnax à une partie de chasse qui aura lieu demain matin dans ses forêts de l'île Crespo. Il espère que rien ne l'empêchera d'y assister, et il verra avec plaisir ses compagnons se joindre à lui.   Le commandant du *Nautilus,*
Capitaine Nemo."

Chapitre IX

Le lendemain, 17 novembre, à mon réveil, je sentis que le *Nautilus* était absolument immobile. Je m'habillai lestement, et j'entrai dans le grand salon. Le capitaine Nemo était là. Il m'attendait, se leva, salua et me demanda s'il nous convenait de l'accompagner. Je répondis que nous étions prêts à le suivre.

"Seulement, ajoutai-je, comment se fait-il que vous, qui avez rompu toute relation avec la terre, vous possédiez des forêts dans l'île de Crespo ?

— Ce ne sont point des forêts terrestres, mais sous-marines.

— Et vous m'offrez de m'y conduire ?

— Précisément.

— A pied ?

— Et même à pied sec.

— En chassant ?

— En chassant.

— Le fusil à la main ?

— Le fusil à la main."

Je regardai le commandant du *Nautilus* d'un air qui n'avait rien de flatteur pour sa personne. "Décidément, il a le cerveau malade, pensai-je."

"Veuillez m'écouter, dit le capitaine Nemo, et vous verrez si vous devez m'accuser de folie... Vous le savez, l'homme peut vivre sous l'eau à la condition d'emporter avec lui sa provision d'air respirable. Mon scaphandre se compose d'un réservoir en tôle épaisse, dans lequel j'emmagasine l'air sous une pression de cinquante atmosphères. Ce réservoir se fixe sur le dos au moyen de bretelles, comme un sac de soldat. Sa partie supérieure forme une boîte dont l'air, maintenu par un mécanisme à soufflet, ne peut s'échapper qu'à sa tension normale.

— Parfait, mais l'air que vous emportez doit s'user vite.

— Le réservoir de l'appareil peut fournir de l'air respirable pendant neuf ou dix heures.

— Je vous demanderai seulement comment vous éclairez votre route au fond de l'Océan?

— Avec l'appareil Ruhmkorff, monsieur Aronnax. Il s'attache à la ceinture et se compose d'une pile, dont une bobine d'induction recueille l'électricité et la dirige vers une lanterne.

— Capitaine, je n'ose plus douter. Cependant, je demande à faire des réserves pour le fusil dont vous voulez m'armer.

— Mais ce n'est point un fusil à poudre, répondit le capitaine. J'ai remplacé la poudre par de l'air à haute pression, et ce ne sont pas des balles ordinaires que ce fusil lance, mais de petites capsules de verre dans lesquelles l'électricité est forcée à une très forte tension. Au plus léger choc, elles se déchargent, et l'animal, si puissant qu'il soit, tombe mort.

— Je ne discute plus, répondis-je. Où vous irez, j'irai."

Le capitaine me conduisit vers l'arrière du *Nautilus,* et en passant devant la cabine de Ned et de Conseil, j'appelai mes deux compagnons, qui nous suivirent aussitôt.

Nous arrivâmes à une cellule, près de la chambre des machines : une douzaine de scaphandres, suspendus à la paroi, attendaient les promeneurs. Ned Land, en les voyant, refusa de s'en revêtir.

"On ne vous forcera pas, maître Ned," dit le capitaine Nemo.

Deux hommes de l'équipage vinrent nous

aider à revêtir ces lourds vêtements imperméables, faits en caoutchouc sans couture, et préparés de manière à supporter des pressions considérables. On eût dit une armature à la fois souple et résistante. Ces vêtements formaient pantalon et veste. Le pantalon se terminait par d'épaisses chaussures, garnies de lourdes semelles de plomb. Le tissu de la veste était maintenu par des lamelles de cuivre qui cuirassaient la poitrine et laissaient les poumons fonctionner librement.

Le capitaine Nemo, un de ses compagnons, Conseil et moi, nous eûmes bientôt revêtu ces habits de scaphandre. Il ne s'agissait plus que d'emboîter notre tête dans sa sphère métallique. Mais avant, je demandai la permission d'examiner les fusils qui nous étaient destinés.

La crosse, faite en tôle d'acier et creuse à l'intérieur, était d'assez grande dimension. Elle servait de réservoir à l'air comprimé, qu'une soupape manœuvrée par une gâchette, laissait échapper dans le tube de métal. Une boîte à projectiles, évidée dans l'épaisseur de la crosse, renfermait une vingtaine de balles électriques, qui, au moyen d'un ressort, se plaçaient automatiquement dans le canon du fusil. Dès qu'un coup était tiré, l'autre était prêt à partir.

"Capitaine, dis-je, cette arme est parfaite et d'un maniement facile, mais comment allons-nous gagner le fond de la mer?
— Vous l'allez voir."

Le capitaine Nemo introduisit sa tête dans la calotte sphérique. Conseil et moi, nous en fîmes autant. Les appareils, placés sur notre dos,

commencèrent à fonctionner, et, pour mon compte, je respirai à l'aise. Je sentis que l'on me poussait dans une petite chambre contiguë au vestiaire. J'entendis une porte, munie d'obturateurs, se renfermer sur nous, et une profonde obscurité nous enveloppa. Après quelques minutes, un vif sifflement parvint à mon oreille. Je sentis une impression de froid monter de mes pieds à ma poitrine. Evidemment, on avait, par un robinet, donné entrée à l'eau extérieure qui nous envahissait, et dont cette chambre fut bientôt remplie. Une seconde porte, percée dans le flanc du *Nautilus,* s'ouvrit alors. Un demi-jour nous éclaira. Un instant après, nos pieds foulaient le fond de la mer.

Le capitaine Nemo marchait en avant, et son compagnon nous suivait à quelques pas en arrière. Je ne sentais déjà plus la lourdeur de mes vêtements, de mes chaussures, je n'étais plus une masse inerte, et j'avais une liberté de mouvement relativement grande. Cette eau qui m'entourait n'était qu'une sorte d'air, plus dense que l'atmosphère terrestre, mais presque aussi diaphane.

Nous marchions sur un sable fin, uni, non ridé, dont la vaste plaine semblait être sans bornes. Enfin quelques formes d'objets se dessinèrent. Je reconnus de magnifiques premiers plans de rochers, tapissés de zoophytes. Les rayons du soleil frappaient la surface des flots, sous un angle assez oblique, et au contact de leur lumière décomposée par la réfraction comme à travers un prisme, fleurs, rochers, plantules, coquillages se nuançaient sur leurs bords des sept couleurs du spectre solaire. C'était une merveille, une fête des yeux, que cet enchevêtrement de tons colorés !

Bientôt la nature du sol se modifia. Nous parcourûmes une prairie d'algues, puis le sol s'abaissa par une pente prononcée. Nous atteignîmes une profondeur de cent mètres. Le capitaine Nemo s'arrêta, et du doigt il me montra quelques masses obscures. Nous étions arrivés à la lisière de la forêt.

Cette forêt se composait de grandes plantes arborescentes, qui, toutes, montaient vers la surface de l'Océan. Pas de filaments, pas de rubans, si minces qu'ils fussent, qui ne se tinssent droit comme des tiges de fer. C'était ici le règne de la verticalité. Les poissons-mouches volaient de branche en branche, comme un essaim de colibris, tandis que de jaunes lépisacanthes, à la mâchoire hérissée, aux écailles aiguës, des dactyloptères et des monocentres, se levaient sous nos pas, semblables à une troupe de bécassines.

Vers une heure, le capitaine Nemo donna le signal de la halte, et nous nous étendîmes sous un berceau d'alariées. Cet instant de repos me parut délicieux. Il ne nous manquait que le charme de la conversation. Mais impossible de parler.

Après quatre heures de cette promenade, je fus très étonné de ne pas ressentir un violent besoin de manger. Mais, en revanche, j'éprouvais une insurmontable envie de dormir. Le capitaine et son robuste compagnon, étendus dans ce limpide cristal, nous donnaient l'exemple du sommeil. Quand je me réveillai, une apparition inattendue me remit brusquement sur les pieds.

A quelques pas, une monstrueuse araignée de mer, haute d'un mètre, me regardait de ses yeux louches, prête à s'élancer sur moi. Conseil et le matelot s'éveillèrent en ce moment ; un coup de crosse abattit aussitôt le hideux crustacé, et je vis les horribles pattes du monstre se tordre dans des convulsions terribles. Cette rencontre me fit penser que d'autres animaux, plus redoutables, devaient hanter ces fonds obscurs. Je n'y avais pas songé jusqu'alors.

Le retour commença. Nous marchions au milieu d'un essaim de petits poissons de toute espèce, plus nombreux que les oiseaux dans l'air, plus agiles aussi. Pendant deux heures, nous suivîmes tantôt des plaines sableuses, tantôt des prairies de varech, fort pénibles à traverser. Je n'en pouvais plus quand nous aperçûmes le fanal du *Nautilus*.

Chapitre X

Le lendemain, j'étais parfaitement remis de mes fatigues. Pendant les semaines qui suivirent, le capitaine Nemo fut très sobre de visites. Conseil et Land passaient de longues heures avec moi. Presque chaque jour, les panneaux du salon s'ouvraient, et nos yeux ne se fatiguaient pas de pénétrer les mystères du monde sous-marin. Pendant la journée du 11 décembre, j'étais occupé à lire, lorsque Conseil m'interrompit.

"Monsieur veut-il venir un instant?

— Qu'y a-t-il donc, Conseil?

— Que monsieur regarde."

Je me levai, j'allai m'accouder devant la vitre. En pleine lumière électrique, une énorme masse noirâtre, immobile, se tenait suspendue au milieu des eaux.

"Un navire!" m'écriai-je.

Nous étions en présence d'un navire, dont les haubans coupés pendaient encore à leurs cadènes. Sa coque paraissait en bon état, et son naufrage datait au plus de quelques heures. Triste spectacle que celui de cette carcasse perdue sous les flots, mais plus triste encore la vue de son pont où quelques cadavres, amarrés par des cordes, gisaient encore! J'en comptai quatre - quatre hommes, dont l'un se tenait debout au gouvernail, ; puis une femme à demi sortie par la claire-voie de la dunette.

Nous étions muets, le cœur palpitant devant ce naufrage pris sur le fait, et, pour ainsi dire, photographié à la dernière minute!

Ce terrible spectacle inaugurait la série des catastrophes maritimes que le *Nautilus* devait rencontrer sur sa route. Depuis qu'il parcourait les mers plus fréquentées, nous apercevions souvent des coques de navire qui achevaient de pourrir entre deux eaux, et, plus profondément, sur le sol, des canons, des boulets, des ancres, des chaînes et mille autres objets de fer, que la rouille dévorait.

Le 25 décembre, le *Nautilus* naviguait au milieu de l'archipel des Nouvelles-Hébrides que

Quiros découvrit en 1606, que Bougainville explora en 1768, et auquel Cook donna son nom actuel en 1773. Ce jour-là, c'était Noël, et Ned Land me sembla regretter vivement la célébration du "Christmas".

Le 1er janvier 1868, de grand matin, Conseil me rejoignit sur la plate-forme.

"Monsieur, me dit ce brave garçon, monsieur me permettra-t-il de lui souhaiter une bonne année?

— Comment donc, Conseil! mais exactement comme si j'étais à Paris, dans mon cabinet du Jardin des Plantes. J'accepte tes vœux et je t'en remercie. Seulement, je te demanderai ce que tu entends par "une bonne année": est-ce l'année qui amènera la fin de notre emprisonnement, ou l'année qui verra se continuer cet étrange voyage?

— Ma foi, je ne sais trop que dire à monsieur. Il est certain que nous voyons de curieuses choses, et m'est avis que nous ne retrouverons jamais une occasion semblable. En outre, M. Nemo, qui justifie bien son nom latin, n'est pas plus gênant que s'il n'existait pas. Je pense donc, n'en déplaise à monsieur, qu'une bonne année serait une année qui nous permettrait de tout voir…"

Le 2 janvier, nous avions fait onze mille trois cent quarante milles depuis notre point de départ. Devant l'éperon du *Nautilus* s'étendaient les dangereux parages de la mer de Corail, sur la côte nord-est de l'Australie.

Deux jours après avoir traversé la mer de Corail, nous eûmes connaissance des côtes de la

Papouasie. A cette occasion, le capitaine Nemo m'apprit que son intention était de gagner l'océan Indien par le détroit de Torrès. Sa communication se borna là. Ned vit avec plaisir que cette route le rapprochait des mers européennes.

Le 11 janvier, nous doublâmes le cap Wessel; le 13, nous arrivâmes dans la mer de Timor. Pendant quelques jours, nos journées se passèrent en expériences de toutes sortes, qui portèrent sur les degrés de salure des eaux à différentes profondeurs, sur leur électrisation, sur leur coloration, et, dans toutes ces circonstances, le capitaine Nemo déploya une ingéniosité qui ne fut égalée que par sa bonne grâce envers moi. Puis, pendant quelques jours, je ne le revis plus, et je demeurai de nouveau comme isolé à son bord.

Le 16, nous fûmes témoins d'un curieux spectacle. Le *Nautilus* était immobile à quelques mètres seulement au-dessous de la surface des flots. Les panneaux du salon étaient ouverts. Subitement, nous fûmes environnés d'une couche phosphorescente produite par des myriades d'animalcules lumineux, dont l'étincellement s'accroissait en glissant sur la coque métallique de l'appareil. Je surprenais alors des éclairs au milieu de ces nappes lumineuses, comme eussent été des coulées de plomb fondu dans une fournaise ardente; de telle sorte que, par opposition, certaines portions lumineuses faisaient ombre dans ce milieu igné. Il y avait là une vigueur et un mouvement insolites. Cette lumière on la sentait vivante!

Pendant plusieurs jours, le *Nautilus* flotta dans ces ondes brillantes, et notre admiration s'accrut à voir les gros animaux marins s'y jouer comme des salamandres. Je vis là, au milieu de ce feu qui ne brûle pas, des marsouins élégants et rapides, infatigables clowns des mers, et des istiophores longs de trois mètres, intelligents précurseurs des ouragans, dont le formidable glaive heurtait parfois la vitre du salon. Ce fut un enchantement que cet éblouissant spectacle !

Le 19 janvier, j'étais au salon, occupé à classer mes notes, lorsque le capitaine ouvrit la porte. Sa physionomie exprimait une tristesse profonde, un réel chagrin. Il vint vers moi et me dit :
"Etes-vous médecin, monsieur Aronnax ?
— En effet, dis-je, je suis docteur et interne des hôpitaux. J'ai pratiqué pendant plusieurs années avant d'entrer au Muséum.
— Consentiriez-vous à donner vos soins à l'un de mes hommes ?
— Je suis prêt à vous suivre.
— Venez."
Le capitaine Nemo me conduisit à l'arrière, dans une cabine située près du poste des matelots. Là, sur un lit, reposait un homme d'une quarantaine d'années, à figure énergique. Ce n'était pas seulement un malade, c'était un blessé. Sa tête, emmaillotée de linges sanglants, reposait sur un double oreiller. Je détachai ces linges. La blessure était horrible. Le crâne fracassé par un instrument contondant, montrait la cervelle à nu. Je pris le pouls du blessé. Il était

intermittent. Les extrémités se refroidissaient déjà, et je vis que la mort s'approchait.

"D'où vient cette blessure? demandai-je.

— Qu'importe! répondit le capitaine. Un choc a brisé un des leviers de la machine, qui a frappé cet homme... Mais votre avis sur son état? Vous pouvez parler, cet homme n'entend pas le français.

— Cet homme sera mort dans deux heures.

— Rien ne peut le sauver?

— Rien."

La main du capitaine Nemo se crispa, et quelques larmes glissèrent de ses yeux, que je ne croyais pas faits pour pleurer.

"Vous pouvez vous retirer, monsieur Aronnax," me dit-il.

Le lendemain matin, le capitaine vint vers moi.

"Monsieur, vous conviendrait-il de faire une excursion sous-marine?

- Avec mes compagnons? demandai-je.

— Si cela leur plaît, Veuillez donc aller revêtir vos scaphandres."

Du mourant ou du mort il ne fut pas question. Il était huit heures du matin. A huit heures et demie, accompagnés du capitaine Nemo que suivaient une douzaine d'hommes de l'équipage, nous prenions pied à une profondeur de dix mètres sur le sol ferme où reposait le *Nautilus*.

Une légère pente aboutissait à un fond accidenté. Je reconnus immédiatement cette région merveilleuse dont, ce jour-là, le capitaine Nemo nous faisait les honneurs. C'était le royaume du

Corail. Et rien ne pouvait être plus intéressant pour moi que de visiter une de ces forêts pétrifiées que la nature a plantées au fond des mers. La lumière produisait mille effets charmants en se jouant au milieu de ces ramures si vivement colorées. Il me semblait voir ces tubes membraneux et cylindriques trembler sous l'ondulation des eaux. J'étais tenté de cueillir leurs fraîches corolles ornées de délicats tentacules, les unes nouvellement épanouies, les autres naissant à peine, pendant que de légers poissons, aux rapides nageoires, les effleuraient en passant comme des volées d'oiseaux. Mais, si ma main s'approchait de ces fleurs vivantes, de ces sensitives animées, aussitôt l'alerte se mettait dans la colonie. Les corolles blanches rentraient dans leurs étuis rouges, les fleurs s'évanouissaient sous mes regards, et le buisson se changeait en un bloc de mamelons pierreux.

Le capitaine Nemo s'engagea sous une obscure galerie dont la pente douce nous conduisit à une profondeur de trois cents mètres environ. Là c'était la forêt immense. Le capitaine s'arrêta, et je vis que ses hommes formaient un demi-cercle autour de leur chef. Quatre d'entre eux portaient sur leurs épaules un objet de forme oblongue.

Nous occupions, en cet endroit, le centre d'une vaste clairière, entourée par les hautes arborisations de la forêt sous-marine. Il me vint à la pensée que j'allais assister à une scène étrange. En observant le sol, je vis qu'il était gonflé, en de certains points, par de légères

extumescences encroûtées de dépôts calcaires, et disposées avec une régularité qui trahissait la main de l'homme. Au milieu de la clairière, sur un piédestal de rocs grossièrement entassés, se dressait une croix de corail, qui étendait ses longs bras qu'on eût dits faits d'un sang pétrifié.

Sur un signe du capitaine Nemo, un de ses hommes s'avança, et à quelques pieds de la croix, il commença à creuser un trou avec une pioche qu'il détacha de sa ceinture. Je compris tout ! Cette clairière c'était un cimetière ; ce trou, une tombe ; cet objet oblong, le corps de l'homme mort dans la nuit ! Le capitaine Nemo et les siens venaient enterrer leur compagnon dans cette demeure commune, au fond de cet inaccessible Océan.

Cependant la tombe se creusait lentement. Le trou s'élargissait, s'allongeait, et bientôt il fut assez profond pour recevoir le corps. Alors les porteurs s'approchèrent. Le corps, enveloppé dans un tissu de byssus blanc, descendit dans sa tombe humide. Le capitaine et tous ses amis s'agenouillèrent, puis la tombe fut recouverte des débris arrachés au sol, qui formèrent un léger renflement.

Quand ce fut fait, le capitaine Nemo et ses hommes se redressèrent, et se rapprochant de la tombe, tous étendirent leur main en signe de suprême adieu.

Chapitre XI

Nous sillonnions les flots de l'océan Indien, vaste plaine liquide d'une contenance de cinq cent cinquante millions d'hectares, et dont les eaux sont si transparentes qu'elles donnent le vertige à qui se penche à leur surface. Le *Nautilus* y flottait généralement entre cent et deux cents mètres de profondeur. Le spectacle de ces riches eaux à travers les vitres du salon, la lecture des livres de la bibliothèque, la rédaction de mes mémoires, employaient tout mon temps et ne me laissaient pas un moment de lassitude ou d'ennui.

Du 21 au 23 janvier, le *Nautilus* marcha à raison de deux cent cinquante lieues par vingt-quatre heures ; le 24, par 12°5' de latitude sud et 94°33' de longitude, nous eûmes connaissance de l'île de Keeling ; le 26, nous coupions l'équateur sur le quatre-vingt-deuxième méridien, et nous rentrions dans l'hémisphère boréal ; le 28, nous étions en présence de Ceylan. Le capitaine me voyant étudier la carte de cette île vint vers moi :

"L'île de Ceylan, dit-il, une terre célèbre par ses pêcheries de perles. Vous serait-il agréable, monsieur Aronnax, de visiter l'une de ses pêcheries ?

— Sans aucun doute, capitaine.

— Je vais donner l'ordre de rallier le golfe de Manaar, où nous arriverons dans la nuit. A propos, monsieur Aronnax, vous n'avez pas peur des requins ?

— Des requins? m'écriai-je. Je vous avouerai, capitaine, que je ne suis pas encore très familiarisé avec ce genre de poissons.

— Nous y sommes habitués, nous autres, répliqua le capitaine. D'ailleurs, nous serons armés, et, chemin faisant, nous pourrons peut-être chasser quelque squale. C'est une chasse intéressante. Ainsi donc, à demain, et de grand matin."

Le lendemain, à quatre heures du matin, je fus réveillé par le steward. Je me levai rapidement.

Bientôt nous fumes emprisonnés jusqu'au cou dans nos vêtements de caoutchouc, et des bretelles fixèrent sur notre dos les appareils à air.

"Nous n'irons pas à de grandes profondeurs, dit le capitaine, et les rayons solaires suffiront à éclairer notre marche.

— Et nos armes, lui demandai-je, nos fusils?

— Des fusils? à quoi bon: vos montagnards n'attaquent-ils pas l'ours un poignard à la main? Voici une lame solide. Passez-la à votre ceinture et partons."

Mes compagnons étaient armés comme nous, et, de plus, Ned Land brandissait un énorme harpon.

Nous prîmes pied sur un sable uni, Sur nos pas se levaient des volées de poissons du genre des monoptères, dont les sujets n'ont d'autres nageoires que celles de la queue. Cependant, le sol changeait peu à peu; au sable fin succédait une véritable chaussée de rochers arrondis, et nous arpentions enfin le banc sur lequel les huîtres perlières se reproduisent par millions.

La pintadine *meleagrina*, la mère perle, dont les valves sont à peu près égales, se présente sous la forme d'une coquille arrondie, aux épaisses parois très rugueuses à l'extérieur.

Le capitaine semblait se diriger par des sentiers connus de lui seul. Dans leurs sombres anfractuosités, de gros crustacés, pointés sur leur hautes pattes comme des machines de guerre, nous regardaient de leurs yeux fixes. En ce moment s'ouvrit devant nous une vaste grotte, creusée dans un pittoresque entassement de rochers tapissés de toutes les hautes-lisses de la flore sous-marine. Le capitaine Nemo y entra. Nous après lui. Après avoir descendu une pente assez raide, nos pieds foulèrent le fond d'une sorte de puits circulaire. Là, le capitaine Nemo s'arrêta, et de la main il nous indiqua un objet que je n'avais pas encore aperçu.

C'était une huître de dimension extraordinaire, une tridacne gigantesque, une vasque dont la largeur dépassait deux mètres. J'estimais le poids de cette tridacne à trois cents kilogrammes. Les deux valves du mollusque étaient entrouvertes. Le capitaine s'approcha et introduisit son poignard entre les coquilles pour les empêcher de se rabattre; puis, de la main, il souleva la tunique membraneuse et frangée sur ses bords qui formait le manteau de l'animal. Là, entre les plis foliacés, je vis une perle dont la grosseur égalait celle d'une noix de cocotier. Sa forme globuleuse, sa limpidité parfaite, son orient admirable, en faisaient un bijou d'un inestimable prix. Emporté par la curiosité, j'étendais la main pour la saisir, la peser ! Mais le capitaine m'arrêta, fit un signe négatif, et retirant son poignard par un mouvement rapide, il laissa les deux valves se refermer subitement.

Je compris alors quel était le dessein du capitaine Nemo. En laissant cette perle enfouie sous le manteau de la tridacne, il lui permettait de s'accroître insensiblement. Et seul, il connaissait la grotte où "mûrissait" cet admirable fruit de la nature !

Le capitaine quitta la grotte, et nous remontâmes sur le banc de pintadines, au milieu des eaux claires, que ne troublait pas encore le travail des plongeurs. Nous marchions en véritables flâneurs. Soudain, le capitaine s'arrêta ; d'un geste, il nous ordonna de nous blottir près de lui au fond d'une large anfractuosité. A cinq mètres de moi, une ombre apparut et s'abaissa jusqu'au sol. L'inquiétante idée des requins traversa mon esprit ; mais je me trompais. C'était un homme, un homme vivant, un Indien, un pêcheur, qui venait glaner avant la récolte.

J'apercevais les fonds de son canot mouillé à quelques pieds au-dessus de sa tête. Il plongeait et remontait successivement. Une pierre taillée en pain de sucre et qu'il serrait du pied, tandis qu'une corde la rattachait à son bateau, lui servait à descendre plus rapidement au fond de la mer. C'était là tout son outillage. Arrivé au sol par cinq mètres de profondeur environ, il se précipitait à genoux et remplissait son sac de pintadines ramassées au hasard. Puis il remontait, vidait son sac, ramenait sa pierre, et recommençait son opération, qui ne durait que trente secondes.

Tout d'un coup, à un moment où l'Indien était agenouillé au sol, je lui vis faire un geste d'effroi. Une ombre gigantesque apparaissait. C'est un requin de grande taille qui s'avançait, les mâchoires ouvertes ; d'un vigoureux coup de nageoire, il s'élança vers l'Indien, qui se jeta de côté et évita la morsure, mais non le battement de la queue ; cette queue, le frappant à la poitrine, l'étendit sur le sol. Cette scène avait duré quelques secondes. Le requin revint, et, se retournant sur le dos, il s'apprêtait à couper l'Indien en deux, quand le capitaine Nemo, son poignard à la main, marcha droit au monstre. Le squale, apercevant ce nouvel adversaire, se précipita sur lui. Le capitaine évita le choc et enfonça son poignard dans le ventre de la bête. Mais tout n'était pas dit. Un combat terrible s'engagea.

Le sang sortait à flots de la blessure du requin. La mer se teignit de rouge, et je ne vis plus rien jusqu'au moment où, dans une éclaircie, j'aperçus l'audacieux capitaine, cramponné à l'une des nageoires de l'animal, luttant corps à corps, labourant de coups de poignards le ventre de son ennemi, sans pouvoir toutefois porter le coup définitif. Le capitaine tomba sur le sol, renversé par la masse énorme qui pesait sur lui. Puis les mâchoires du requin s'ouvrirent démesurément comme une cisaille d'usine, et c'en était fait du capitaine si, prompt comme la pensée, son har-

pon à la main, Ned Land, se précipitant vers le requin, ne l'eût frappé de sa terrible pointe.

Le capitaine, une fois dégagé, alla droit à l'Indien, coupa vivement la corde qui le liait à sa pierre, le prit dans ses bras et, d'un vigoureux coup de talon, le remonta à la surface de la mer. Nous le suivîmes.

Sous les vigoureuses frictions de Conseil et du capitaine, l'Indien revint peu à peu au sentiment. Il ouvrit les yeux. Quelle dut être sa surprise, son épouvante même, à voir les quatre grosses têtes de cuivre qui se penchaient sur lui ! Et surtout, que dut-il penser quand le capitaine Nemo, tirant d'une poche de son vêtement un sachet de perles, le lui eût mis dans la main ? Cette magnifique aumône de l'homme des eaux au pauvre Indien de Ceylan fut acceptée par celui-ci d'une main tremblante.

Sur un signe du capitaine, nous reprîmes le chemin du retour. Une fois débarrassés de nos carapaces, la première parole du capitaine Nemo fut pour le Canadien :

"Merci, maître Land, lui dit-il."

Je ne pus m'empêcher de faire observer au capitaine l'étrangeté de son dévouement pour un être humain, l'un des représentants de cette race qu'il fuyait sous les mers. Il me répondit d'un ton légèrement ému :

"Cet Indien, monsieur le professeur, c'est un habitant du pays des opprimés, et je suis encore, et jusqu'à mon dernier souffle, je serai de ce pays-là !"

Chapitre XII

Pendant la journée du 29 janvier, l'île de Ceylan s'enfonça sous l'horizon. Le 30, il apparut que nous nous dirigions vers la mer d'Oman, creusée entre l'Arabie et la péninsule indienne. Où nous conduisait le capitaine Nemo ? Je n'aurais pu le dire. Ned Land se perdait en suppositions :

"La mer Rouge, disait-il, est non moins fermée que le golfe Persique, puisque l'isthme de Suez n'est pas encore percé, et, le fût-il, un bateau mystérieux comme le nôtre ne se hasarderait pas dans ses canaux coupés d'écluses."

Pendant quatre jours, le *Nautilus* visita la mer d'Oman. Le 5 février, nous donnions enfin dans le golfe d'Aden ; le 7, nous embouquions le détroit de Bab-el-Mandeb, dont le nom veut dire en langue arabe : "la porte des larmes", et bientôt nous sillonnions les flots de la mer Rouge.

Le *Nautilus* se rapprocha des rivages africains, et là, entre deux eaux d'une limpidité de cristal, par les panneaux ouverts, il nous permit de contempler d'admirables buissons de coraux, et de vastes pans de rochers revêtus d'une splendide fourrure verte d'algues et de fucus. Il y avait des éponges de toutes formes, des éponges pédiculées, foliacées, globuleuses, digitées. Elles justifiaient assez exactement ces noms de corbeille, de calice, de quenouille, de corne d'élan, de pied de lion, de queue de paon, de gant de Neptune, que leur ont attribué les pêcheurs, plus poètes que les savants.

Le 9 février, le capitaine Nemo m'aborda :

"Eh bien, monsieur le professeur, cette mer Rouge vous plaît-elle ? Avez-vous suffisamment observé les merveilles qu'elle recouvre ?

— Oui, capitaine, répondis-je, et le *Nautilus* s'est merveilleusement prêté à toute cette étude.

— Vous pourrez apercevoir les longues jetées de Port-Saïd après-demain, quand nous serons dans la Méditerranée.

— Dans la Méditerranée ! m'écriai-je.

— Oui, monsieur le professeur. Cela vous étonne ?

— Ce qui m'étonne, c'est de penser qu'après-demain nous aurons fait le tour de l'Afrique.

— Et qui vous dit que nous en ferons le tour ?

— A moins que le *Nautilus* ne navigue en terre ferme...

— Ou par dessous, monsieur Aronnax.

— Par dessous ?

— La nature a fait sous cette langue de terre ce que les hommes font aujourd'hui à sa surface. Oui, un passage souterrain que j'ai nommé Arabian-Tunnel. Il s'ouvre au-dessous de Suez et aboutit au golfe de Péluse.

— Mais cet isthme n'est composé que de sables ?

— Jusqu'à une certaine profondeur, mais à cinquante mètres seulement se rencontre une inébranlable assise de rocs.

— L'entrée du tunnel ne doit pas être facile.

— J'ai pour habitude de me tenir dans la cage du timonier pour diriger moi-même la manœuvre. Vous plairait-il de m'y accompagner ?"

Je suivis le capitaine Nemo. C'était une cabine mesurant six pieds sur chaque face. Au milieu se manœuvrait une roue disposée verticalement engrenée sur les drosses du gouvernail qui couraient jusqu'à l'arrière du *Nautilus*. Quatre hublots de verres lenticulaires permettaient à l'homme de barre de regarder dans toutes les directions.

A dix heures un quart, le capitaine prit lui-même la barre. Une large galerie, noire et profonde, s'ouvrait devant nous. Le *Nautilus* s'y engouffra hardiment. Un bruissement inaccoutumé se fit entendre sur ses flancs. C'étaient les eaux de la mer Rouge que la pente du tunnel précipitait vers la Méditerranée. Le *Nautilus* suivait le torrent, rapide comme une flèche, malgré les efforts de sa machine qui, pour résister, battait les flots à contre-hélice.

A dix heures trente-cinq minutes, le capitaine abandonnant le gouvernail, et se retournant vers moi :

"La Méditerranée," me dit-il.

En moins de vingt minutes, le *Nautilus*, entraîné par le courant, venait de franchir l'isthme de Suez.

Le lendemain, en relevant la position du *Nautilus*, je remarquai qu'il marchait vers Candie, l'ancienne île de Crète. Au moment où je m'étais embarqué sur l'*Abraham-Lincoln*, cette île venait de s'insurger tout entière contre le despotisme turc. Qu'était devenue cette insurrection, je l'ignorais.

Le soir, me trouvant au salon avec le capitaine Nemo, ce dernier me sembla taciturne, préoccupé. Il ordonna d'ouvrir les deux panneaux du salon, et, allant de l'un à l'autre, il observa attentivement la masse des eaux. Soudain, un homme apparut, un plongeur portant à sa ceinture une bourse de cuir.

"Un homme! un naufragé! m'écriai-je. Il faut le sauver!"

Le capitaine ne me répondit pas et vint s'appuyer à la vitre. L'homme s'était approché, et, la face collée au panneau, il nous regardait. A ma profonde stupéfaction, le capitaine Nemo lui fit un signe. Le plongeur lui répondit de la main, remonta immédiatement vers la surface de la mer, et ne reparut plus.

"Vous le connaissez, capitaine?
— Pourquoi pas, monsieur Aronnax?"

Cela dit, le capitaine Nemo se dirigea vers un meuble placé près du panneau gauche du salon. Sans se préoccuper de ma présence, il ouvrit le meuble qui renfermait un grand nombre de lingots.

C'étaient des lingots d'or. Le capitaine prit un à un ces lingots et les rangea méthodiquement dans un coffre qu'il remplit. Il devait y avoir plus de mille kilogrammes d'or. Le coffre fut solidement fermé, et le capitaine écrivit sur son couvercle une adresse en caractères qui devaient appartenir au grec moderne. Cela fait, il sonna. Quatre hommes parurent, et non sans peine ils poussèrent le coffre hors du salon. Puis j'entendis qu'ils le hissaient au moyen de palans sur l'escalier de fer. Le capitaine se tourna vers moi:

"Vous me permettez, monsieur, de vous souhaiter le bonsoir."

Il quitta le salon, et je rentrai dans ma chambre très intrigué. Bientôt, je sentis que le *Nautilus* revenait à la surface des eaux. Puis, j'entendis un bruit de pas sur la plate-forme. Je compris que l'on détachait le canot, qu'on le lançait à la mer. Deux heures après, le même bruit, les mêmes allées et venues se reproduisaient. L'embarcation, hissée à bord, était rajustée dans son alvéole, et le *Nautilus* se replongeait sous les flots.

Chapitre XIII

La Méditerranée, resserrée au milieu de ces terres qu'il voulait fuir, déplaisait au capitaine Nemo. Aussi, notre vitesse fut-elle de vingt-cinq milles à l'heure, soit douze lieues de quatre kilomètres. En deux fois vingt-quatre heures, ayant parcouru six cents lieues environ, nous avions franchi le détroit de Gibraltar.

L'Atlantique! Le *Nautilus* en brisait les eaux sous le tranchant de son éperon, après avoir accompli près de dix mille lieues en trois mois et demi. Où allions-nous maintenant, et que nous réservait l'avenir?

Ned Land, qui ne songeait qu'à fuir depuis que nous longions les côtes européennes, me suivit dans ma chambre. Ses lèvres serrées, ses sourcils froncés, indiquaient chez lui la violente obsession d'une idée fixe.

"Voyons, lui dis-je, rien n'est désespéré encore. Nous remontons la côte du Portugal. Non loin sont la France et l'Angleterre. Je crois que vous pourrez agir bientôt avec sécurité.

—C'est pour ce soir, me répliqua-t-il sombre-ment. Ce soir, nous ne serons qu'à quelques milles de la côte espagnole. La nuit est sombre. Le vent souffle du large. Les avirons, le mât et la voile sont dans le canot. Je suis même parvenu à y porter quelques provisions. Vous resterez dans la bibliothèque, attendant mon signal."

Le Canadien se retira, me laissant presque abasourdi. Le silence n'était plus troublé que par les battements de mon cœur. Soudain, un léger choc se fit sentir. Je compris que le *Nautilus* ve-nait de s'arrêter sur le fond de l'Océan. Les heu-res passèrent. Et pas de signal.

La porte du salon s'ouvrit ; le capitaine Nemo parut.

"Ah ! monsieur le professeur, dit-il d'un ton aimable, je vous cherchais. Savez-vous l'histoire d'Espagne ?"

J'avais l'esprit troublé, la tête perdue.

"Très mal, répondis-je.

—Voilà bien les savants, dit le capitaine, ils ne savent pas. Alors je vais vous raconter un cu-rieux épisode de cette histoire. Si vous le voulez bien, nous remonterons à 1702. Votre roi Louis XIV, croyant qu'il suffisait d'un geste de poten-tat pour faire rentrer les Pyrénées sous terre, avait imposé le duc d'Anjou, son petit-fils, aux Espagnols. Ce prince, qui régna plus ou moins mal sous le nom de Philippe V, eut affaire, au dehors, à forte partie. Les maisons royales de Hollande, d'Autriche et d'Angleterre avaient conclu à La Haye un traité d'alliance, dans le but de lui arracher la couronne d'Espagne, afin de la placer sur la tête d'un archiduc. L'Espagne dut résister à cette coalition. Mais elle était à peu près dépourvue de soldats et de marins. Cependant l'argent ne lui manquait pas, à la condition toutefois que ses galions, chargés de l'or et de l'argent de l'Amérique entrassent dans ses ports. Or, vers la fin de 1702, elle attendait un riche convoi que la France faisait escorter par une flotte de vingt-trois vaisseaux commandés par l'amiral Château-Renaud, car les marines coalisées couraient alors l'Atlantique.

Ce convoi devait se rendre à Cadix ; mais l'amiral ayant appris que la flotte anglaise croisait dans ces parages, résolut de rallier un port de France. Les commandants espagnols du convoi protestèrent contre cette décision. Ils voulurent être conduits dans un port espagnol, et, à défaut de Cadix, dans la baie de Vigo, située sur la côte nord-ouest de l'Espagne, et qui n'était pas bloquée. L'amiral eut la faiblesse d'obéir à cette injonction et les galions entrèrent dans la baie de Vigo.

Malheureusement cette baie forme une rade ouverte qui ne peut être aucunement défendue. Le 22 octobre 1702, les vaisseaux anglais arrivèrent dans Vigo. L'amiral Château-Renaud, malgré ses forces inférieures se battit courageusement ; mais quand il vit que les richesses du convoi allaient tomber entre les mains des ennemis, il incendia et saborda les galions, qui s'engloutirent avec leurs immenses trésors.

— Eh bien ? lui demandai-je.

— Eh bien, monsieur Aronnax, nous sommes

dans cette baie de Vigo, et il ne tient qu'à vous d'en pénétrer les mystères."

Le capitaine me pria de le suivre. Le salon était obscur, mais à travers les vitres transparentes étincelaient les flots de la mer. Je regardai.

Autour du *Nautilus,* les eaux apparaissaient imprégnées de lumière électrique. Le fond sableux était net et clair. Des hommes de l'équipage, revêtus de scaphandres, s'occupaient à déblayer des tonneaux à demi pourris, des caisses éventrées au milieu d'épaves encore noircies. De ces caisses, de ces barils, s'échappaient des lingots d'or et d'argent, des cascades de piastres et de bijoux. Le sable en était jonché. Puis, chargés de ce précieux butin, ces hommes revenaient au *Nautilus,* y déposaient leur fardeau et allaient reprendre cette inépuisable pêche d'argent et d'or.

"Tant de richesses bien réparties, dis-je, eussent pu profiter à des milliers de malheureux..
— Croyez-vous donc, monsieur, me répliqua le capitaine Nemo, que ces richesses soient perdues, alors que c'est moi qui les ramasse ? Qui vous dit que je n'en fais pas un bon usage ? Croyez-vous que j'ignore qu'il existe des êtres souffrants, des races opprimées sur cette terre, des misérables à soulager, des victimes à venger ? Ne comprenez-vous pas ?...

Le capitaine Nemo s'arrêta sur ces dernières paroles, regrettant peut-être d'avoir trop parlé. Quels que fussent les motifs qui l'avaient forcé à chercher l'indépendance sous les mers, avant tout il était resté un homme ! Son cœur palpi-

tait encore aux souffrances de l'humanité, et son immense charité s'adressait aux races asservies comme aux individus ! Et je compris alors à qui étaient destinés ces millions expédiés par le capitaine Nemo, lorsque le *Nautilus* naviguait dans les eaux de la Crète insurgée !

Chapitre XIV

Le lendemain matin, 19 février, je vis entrer le Canadien dans ma chambre. Il avait l'air désappointé.

"Eh bien, Ned, le hasard s'est mis contre nous hier.

— Oui ! Il a fallu que ce damné capitaine s'arrêtât précisément à l'heure où nous allions fuir le bateau. Enfin, tout n'est pas fini ! Une autre fois nous réussirons..."

Je racontai au Canadien les incidents de la veille, puis il s'en retourna. Je passai dans le salon. Le compas n'était pas rassurant. La route du *Nautilus* était sud-sud-ouest. Nous tournions le dos à l'Europe.

Le soir, vers onze heures, je reçus la visite très inattendue du capitaine Nemo.

"Monsieur Aronnax, je vous proposerai une curieuse excursion. Vous n'avez encore visité les fonds sous-marins que le jour et à la clarté du soleil. Vous conviendrait-il de les voir par une nuit obscure ?

— Très volontiers.

—Cette promenade sera fatigante. Il faudra marcher longtemps et gravir une montagne.

—Ce que vous me dites-là, capitaine, redouble ma curiosité. Je suis prêt à vous suivre.

—Venez donc, nous allons revêtir nos scaphandres."

Arrivé au vestiaire, je vis que ni mes compagnons ni aucun homme de l'équipage ne devait nous suivre. Les lampes électriques n'étaient pas préparées. Je le fis observer au capitaine.

"Elles nous seraient inutiles," répondit-il.

Quelques minutes plus tard, nous prenions pied sur le fond de l'Atlantique, à une profondeur de trois cents mètres. Les eaux étaient profondément obscures, mais le capitaine me montra dans le lointain un point rougeâtre, une sorte de large lueur, qui brillait à deux milles environ du *Nautilus,* et qui nous éclairait vaguement.

Après une demi-heure de marche, le sol devint rocailleux. J'entrevoyais des monceaux de pierres disposés suivant une certaine régularité que je ne m'expliquais pas. Cependant, la clarté rougeâtre qui nous guidait s'accroissait et enflammait l'horizon. Elle rayonnait au sommet d'une montagne.

Le capitaine Nemo s'avançait sans hésitation. Il connaissait cette sombre route. Je le suivais avec une confiance inébranlable. Il m'apparaissait comme un des génies de la mer. Nous étions arrivés aux premières rampes de la montagne. Mais pour les aborder, il fallut s'aventurer par les sentiers difficiles d'un vaste taillis.

Oui! Un taillis d'arbres morts, minéralisés

sous l'action des eaux, et que dominaient çà et là des pins gigantesques. C'était comme une houillère encore debout, tenant par ses racines au sol effondré, et dont la ramure, à la manière des fines découpures de papier noir, se dessinait nettement sur le plafond des eaux. Les sentiers étaient encombrés d'algues et de fucus, entre lesquels grouillait un monde de crustacés. J'allais, gravissant les rocs, enjambant les troncs étendus, brisant les lianes de mer qui se balançaient d'un arbre à l'autre, effarouchant les poissons qui volaient de branche en branche. Entraîné, je ne sentais plus la fatigue.

Deux heures après avoir quitté le *Nautilus,* nous avions franchi la ligne des arbres, et à cent pieds au-dessus de nos têtes se dressait le pic de la montagne dont la projection faisait ombre sur l'irradiation. La masse rocheuse était creusée de grottes profondes, d'insondables trous au fond desquels j'entendais remuer des choses formidables. Des milliers de points lumineux brillaient au milieu des ténèbres. C'était les yeux de crustacés gigantesques, tapis dans leur tanière. Le capitaine Nemo, familiarisé avec ces terribles animaux, n'y prenait plus garde.

Nous étions arrivés à un premier plateau, où d'autres surprises m'attendaient encore. Là se dessinaient de pittoresques ruines, qui trahissaient la main de l'homme. C'étaient de vastes amoncellements de pierres où l'on distinguait de vagues formes de châteaux, de temples, revêtus d'un monde de zoophytes en fleurs. Qu'était donc cette portion du globe engloutie par les cataclys-

mes ? J'aurais voulu interroger le capitaine Nemo. Je saisis son bras, mais lui, secouant la tête, et me montrant le sommet de la montagne, sembla me dire :

"Viens ! viens encore ! viens toujours !"

Je le suivis dans un dernier élan, et en quelques minutes j'eus gravi le pic qui dominait d'une dizaine de mètres toute cette masse rocheuse. Mes regards s'étendaient maintenant au loin et embrassaient un vaste espace éclairé par une fulguration violente. En effet, c'était un volcan que cette montagne. A cinquante pieds au-dessous du pic, au milieu d'une pluie de pierres et de scories, un large cratère vomissait des torrents de lave, qui se dispersaient en cascades de feu au sein de la masse liquide. Des laves, mais non des flammes, car il faut aux flammes l'oxygène de l'air.

Et là, sous mes yeux, ruinée, abîmée, jetée bas, apparaissait une ville détruite, ses toits effondrés, ses temples abattus, ses arcs disloqués, ses colonnes gisant à terre ; plus loin, quelques restes d'un gigantesque aqueduc ; ici l'exhaussement empâté d'une acropole, avec les formes flottantes d'un Parthénon ; là, des vestiges de quai, comme si quelque antique port eût abrité jadis sur les bords d'un océan disparu les vaisseaux marchands et les trirèmes de guerre ; plus loin encore, de longues lignes de murailles écroulées, de larges rues désertes, toute une Pompéi enfouie sous les eaux, que le capitaine Nemo ressuscitait à mes égards !

Où étais-je ? Où étais-je ? Je voulais le savoir à tout prix je voulais parler, je voulais arracher la sphère de cuivre qui emprisonnait ma tête. Mais le capitaine Nemo vint à moi et m'arrêta d'un geste. Puis, ramassant un morceau de pierre crayeuse, il s'avança vers un roc de basalte noire et traça ce seul mot :

ATLANTIDE

Quel éclair traversa mon esprit ! Nous restâmes à cette place pendant une heure entière, contemplant la vaste plaine sous l'éclat des laves qui prenaient parfois une intensité surprenante. En ce moment, la lune apparut à travers la masse des eaux et jeta quelques pâles rayons sur le continent englouti. Ce ne fut qu'une lueur, mais d'un indescriptible effet. Le capitaine se leva, jeta un dernier regard à cette immense plaine. Puis de la main il me fit signe de le suivre.

Chapitre XV

Le lendemain, 20 février, je me réveillai fort tard. Conseil entra. Je lui racontai notre excursion nocturne, et, les panneaux étant ouverts, il put encore entrevoir une partie de ce continent submergé. Je lui dis l'histoire des Atlantes, mais Conseil, distrait, m'écoutait peu. En effet, de nombreux poissons attiraient ses regards et quand passaient des poissons, Conseil, emporté dans les abîmes de la classification, sortait du monde réel. Dans ce cas, je n'avais plus qu'à le suivre et à reprendre avec lui nos études ichthyologiques. Mais tout en observant les divers échantillons de la faune sous-marine, je ne laissais pas d'examiner les longues plaines de l'Atlantide.

Vers quatre heures du soir, le terrain se modifia peu à peu ; il devint plus rocheux. Je pensai que la région des montagnes allait succéder bientôt aux longues plaines. Enfin, l'horizon méridional fut barré par une haute muraille qui semblait fermer toute issue. Son sommet dépassait évidement le niveau de l'Océan. Ce devait être un continent, ou tout au moins une île.

Le lendemain, à mon réveil, j'allai au salon. Le manomètre m'apprit que le *Nautilus* flottait à la surface de l'Océan. Cependant aucun roulis ne trahissait l'ondulation des lames supérieures. Je montai jusqu'au panneau. Il était ouvert. Mais, au lieu du grand jour que j'attendais, je me vis environné d'une obscurité profonde. Je ne savais que penser, quand une voix me dit :

"C'est vous, monsieur le professeur ?

— Ah ! capitaine Nemo, répondis-je, où sommes-nous ?

— Sous terre, monsieur le professeur.

— Sous terre ! Et le *Nautilus* flotte encore ?

— Attendez quelques instants. Notre fanal va s'allumer, et, si vous aimez les situations claires, vous serez satisfait."

J'attendis. Le fanal s'alluma soudain. Le Nautilus flottait auprès d'une berge disposée comme un quai. Cette mer qui le supportait en ce moment, c'était un lac emprisonné dans un cirque de murailles qui mesurait deux milles de diamètre.

"Où sommes-nous? dis-je.

— Au centre du volcan éteint, me répondit le capitaine, un volcan dont la mer a envahi l'intérieur à la suite de quelque convulsion du sol. Le *Nautilus* a pénétré dans ce lagon par un canal naturel ouvert à dix mètres au-dessous de la surface de l'Océan. C'est ici son port d'attache, un port sûr, commode, mystérieux, abrité de tous les rumbs du vent !

— Mais à quoi bon ce refuge? Le *Nautilus* n'a pas besoin de port.

— Non, monsieur le professeur, mais il a besoin d'électricité pour se mouvoir, d'éléments pour produire son électricité, de sodium pour alimenter ses éléments, de charbon pour faire son sodium, et de houillère pour extraire son charbon. Or, précisément ici, la mer recouvre des forêts entières qui furent enlisées dans les temps géologiques ; minéralisées maintenant et transformées en houille, elles sont pour moi une mine inépuisable. Revêtus du scaphandre, le pic et la pioche à la main, mes hommes vont extraire cette houille.

— Et nous les verrons à l'œuvre?

— Non, pas cette fois, car je suis pressé de continuer notre tour du monde sous-marin. Aussi, me contenterais-je de puiser aux réserves de sodium que je possède. Le temps de les embarquer, et nous reprendrons notre voyage."

Le lendemain, le *Nautilus* naviguait au large de toute terre, à quelques mètres au-dessous des flots de l'Atlantique. Depuis ce moment, et pendant des jours et des jours, notre route se poursuivit sans incidents notables. Les poissons observés par Conseil et par moi différaient peu de ceux que nous avions déjà étudiés sous d'autres latitudes. Les principaux furent quelques échantillons de ce terrible genre de cartilagineux, divisés en trois sous-genres qui ne comptent pas moins de trente-deux espèces : des squales galonnés, longs de cinq mètres, à tête déprimée et plus large que le corps, à nageoire caudale arrondie, et dont le dos porte sept grandes bandes noires parallèles et longitudinales ; puis des squales perlons, gris cendrés, percés de sept ouvertures branchiales et pourvus d'une seule nageoire dorsale placée à peu près vers le milieu du corps.

Le *Nautilus,* qui avait fait alors près de treize mille lieues depuis notre départ dans les hautes mers du Pacifique, au lieu de mettre cap à l'ouest afin d'achever son tour du monde, continuait de remonter vers les régions australes. Où voulait-il donc aller ? Au pôle ? C'était insensé.

Le 14 mars, j'aperçus des glaces flottantes par 55⁰ de latitude. Bientôt apparurent des blocs plus considérables. Le 16 mars, vers huit heures du matin, le *Nautilus* coupa le cercle polaire antarctique. Les glaces nous entouraient de toutes parts et fermaient l'horizon. Le 18 mars, nous étions devant la banquise : une interminable et immobile barrière formée de montagnes de glace soudées entre elles.

"Eh bien, monsieur le professeur, qu'en pensez-vous ?

– Je pense, capitaine, que nous ne pouvons aller de l'avant.

— Vous serez donc toujours le même ! Vous ne voyez qu'empêchements et obstacles ! Mais le *Nautilus* ira plus loin encore !

— Plus loin au sud ? Demandai-je en regardant le capitaine.

— Oui, monsieur, il ira au pôle.

— Je veux vous croire, capitaine, repris-je d'un ton un peu ironique. Je vous crois. Allons en avant ! Brisons cette banquise, et si elle résiste, donnons des ailes au *Nautilus*, afin qu'il puisse passer par-dessus !

— Par-dessus ! monsieur le professeur. Non point par-dessus, mais par-dessous. Pour un pied que les icebergs ont au-dessus de la mer, ils en ont trois au-dessous. Or, puisque ces montagnes de glace ne dépassent pas une hauteur de cent mètres, elles ne s'enfoncent que de trois cents. Qu'est-ce que trois cents mètres pour le *Nautilus* ?

— Juste, très juste, répondis-je en m'animant. Pourquoi ne rencontrerait-on pas la mer libre au pôle sud comme au pôle nord ? Les pôles du froid et les pôles de la terre ne se confondent ni dans l'hémisphère austral ni dans l'hémisphère boréal, et jusqu'à preuve du contraire, on doit supposer ou un continent ou un océan dégagé de glaces à ces deux points du globe.

— Monsieur Aronnax, nous découvrirons ensemble ce point inconnu où se croisent tous les méridiens du globe. Là où d'autres ont échoué, nous n'échouerons pas. Jamais je n'ai promené mon *Nautilus* aussi loin sur les mers australes, mais il ira plus loin encore."

Cependant les préparatifs de cette audacieuse tentative venaient de commencer. Le *Nautilus* ne tarda pas à descendre. A trois cents mètres environ, ainsi que l'avait prévu le capitaine Nemo, nous flottions sous la surface ondulée de la banquise. Mais le *Nautilus* s'immergea plus bas encore. Vingt-deux degrés et demi en latitude restaient à parcourir, c'est-à-dire un peu plus de cinq cents lieues. Le *Nautilus* pris une vitesse moyenne de vingt-six milles à l'heure. Mon sommeil fut pénible pendant cette nuit. Espoir et crainte m'assiégeaient tour à tour.

Le lendemain se passa en tâtonnements, le Nautilus remontant de temps à autre pour heurter la surface inférieure de la banquise qui atteignait trois mille pieds de profondeur. Circonstance peu rassurante.

Le surlendemain, à mon réveil, j'observai que la surface inférieure de la banquise se rencontrait seulement par cinquante mètres de profondeur. Mes yeux ne quittaient plus le manomètre. Nous remontions toujours. Enfin, ce jour mémorable du 19 mars, la porte du salon s'ouvrit. Le capitaine Nemo parut.

"La mer libre !" dit-il.

Chapitre XVI

Oui ! la mer libre. A peine quelques glaçons épars ; un monde d'oiseaux dans les airs, et des myriades de poissons sous ces eaux qui, suivant les fonds, variaient du bleu intense au vert olive.

Au sud, un îlot solitaire s'élevait à une hauteur de deux cents mètres. Nous marchions vers lui. Une heure après, nous l'avions atteint.

"Monsieur, dis-je au capitaine Nemo, à vous l'honneur de mettre pied le premier sur cette terre.

— Oui, monsieur, et si je n'hésite pas à fouler ce sol du pôle, c'est que, jusqu'ici, aucun être humain n'y a laissé la trace de ses pas."

Cela dit, il sauta légèrement sur le sable. Il gravit un roc qui terminait en surplomb un petit promontoire, et là, les bras croisés, le regard ardent, immobile, muet, il sembla prendre possession de ces régions australes.

Cependant, la brume ne se levait pas, et, à onze heures, le soleil n'avait point encore paru. L'invisibilité de cet astre ne laissait pas de m'inquiéter. Sans lui, pas d'observations possibles. Comment déterminer alors si nous avions atteint le pôle ?

Midi arriva sans que l'astre du jour se fût montré un seul instant. Le lendemain, le thermomètre marquait deux degrés au-dessous de zéro. Le soleil ne se montra pas. C'était une fatalité. Si demain il n'apparaissait pas, il faudrait renoncer définitivement à relever notre situation ; car demain 21 mars, jour de l'équinoxe, le soleil disparaîtrait sous l'horizon pour six mois, et avec sa disparition commencerait la longue nuit polaire.

Le lendemain, dès cinq heures du matin, je montai sur la plate-forme. Le ciel s'éclaircissait. Les nuages fuyaient vers le sud. A midi moins le quart, le soleil, vu alors par réfraction seulement,

se montra comme un disque d'or et dispersa ses derniers rayons sur ce continent abandonné. Le capitaine Nemo, muni d'une lunette à réticules qui, au moyen d'un miroir, corrigeait la réfraction, observa l'astre. Je tenais le chronomètre.

"Midi ! m'écriai-je.

— Le pôle sud !" répondit le capitaine, en me donnant la lunette qui montrait l'astre du jour précisément coupé en deux portions égales par l'horizon.

Le lendemain, le thermomètre marquait douze degrés au-dessous de zéro. Les glaçons se multipliaient. La mer tendait à se prendre partout. Il fallait partir.

Cependant les réservoirs d'eau s'étaient remplis, et le *Nautilus* descendait lentement. A une profondeur de mille pieds, son hélice battit les flots, et il s'avança droit au nord.

A trois heures du matin, je fus réveillé par un choc violent. Le *Nautilus* donnait une bande considérable après avoir touché. Il était couché sur tribord, et, de plus, complètement immobile.

"Un incident, capitaine ?

— Non, monsieur, un accident.

— Grave ?

— Peut-être. Un énorme bloc de glace, une montagne entière s'est retournée et en se renversant a heurté le *Nautilus* ; puis, glissant sous sa coque et le relevant avec une irrésistible force, il l'a ramené dans des couches moins denses, où il se trouve couché sur le flanc."

Soudain un léger mouvement se fit sentir dans la coque. Le *Nautilus* se redressait. Nous étions en pleine eau ; à une distance de dix mètres, sur chaque côté, s'élevait une éblouissante muraille de glace. Au-dessus et au-dessous, même muraille. Le *Nautilus* était emprisonné.

"Messieurs, dit le capitaine d'une voix calme, il y a deux manières de mourir dans les conditions où nous sommes. La première, c'est de mourir écrasés ; la seconde, c'est de mourir asphyxiés. Dans quarante-huit heures notre réserve d'air sera épuisée. Je vais échouer le *Nautilus* sur le banc inférieur, et mes hommes, revêtus de scaphandres, attaqueront l'iceberg par sa paroi la moins épaisse."

Quelques instants après, une douzaine d'hommes prit pied sur le banc de glace. Le capitaine Nemo les accompagnait. Il fit pratiquer des sondages. A la surface inférieure, dix mètres de paroi nous séparaient de l'eau. Dès lors, il s'agissait d'en découper un morceau égal en superficie à la ligne de flottaison du *Nautilus*. C'était environ six mille cinq cents mètres cubes à détacher, afin de creuser un trou par lequel nous descenderions au-dessous du champ de glace.

Le travail fut aussitôt commencé et conduit avec une infatigable opiniâtreté. Au lieu de creuser autour du *Nautilus*, ce qui eût entraîné de plus grandes difficultés, le capitaine Nemo fit dessiner l'immense fosse à huit mètres de sa hanche de bâbord. Bientôt le pic attaqua cette matière compacte, et de gros blocs furent détachés de la masse. Par un curieux effet de pesanteur spécifique, ces blocs, moins lourds que l'eau, s'envolaient pour ainsi dire à la voûte.

Après deux heures d'un travail énergique, les premiers travailleurs auxquels s'était joint Ned Land, furent remplacés par une nouvelle équipe. Conseil et moi demandâmes à en faire partie. Quand je rentrai, après deux heures de travail, je trouvai l'atmosphère du *Nautilus* chargée d'acide carbonique. L'air n'avait pas été renouvelé depuis quarante-huit heures, les réserves étant conservées pour alimenter les appareils des travailleurs.

En un laps de temps de douze heures, nous n'avions enlevé qu'une tranche de glace épaisse d'un mètre sur la superficie dessinée. En admettant que le même travail fût accompli par douze heures, il fallait encore cinq nuits et quatre jours. La situation paraissait terrible.

Pendant la nuit, une nouvelle tranche d'un mètre fut en effet enlevée à l'immense alvéole. La journée suivante, pendant plusieurs heures, je maniai le pic avec opiniâtreté. Ce travail me soutenait. D'ailleurs, travailler, c'était quitter le *Nautilus,* c'était respirer directement cet air pur emprunté aux réservoirs et fourni par les appareils. Vers le soir, la fosse s'était encore creusée d'un mètre. Quand je rentrai à bord, je faillis être asphyxié par l'acide carbonique dont l'air était saturé. Ce soir-là, le capitaine dut ouvrir les robinets de ses réservoirs et lancer quelques colonnes d'air pur à l'intérieur du *Nautilus.*

Le lendemain, 26 mars, je repris mon travail de mineur en entamant le cinquième mètre. Le 27, six mètres de glace avaient été arrachés. Quatre mètres seulement restaient à enlever. Une

lourdeur intolérable m'accablait. Ce sentiment d'angoisse fut porté à un degré violent. Mes poumons haletaient. Une torpeur morale s'empara de moi. J'étais étendu sans force, presque sans connaissance.

Si notre situation, à tous, était intolérable à l'intérieur, avec quelle hâte nous revêtions nos scaphandres pour travailler à notre tour ! Et cependant, personne ne prolongeait au-delà du temps voulu son travail sous les eaux. Sa tâche accomplie, chacun remettait à ses compagnons haletants le réservoir qui devait lui verser la vie. Le capitaine Nemo donnait l'exemple et se soumettait le premier à cette sévère discipline. Ce soir-là, deux mètres seulement restaient à enlever. Mais les réservoirs étaient presque vides d'air. Le peu qu'ils contenaient devait être réservé aux travailleurs.

Lorsque je rentrai à bord, je fus à demi suffoqué. Quelle nuit ! De telles souffrances ne peuvent être décrites. Aux douleurs de tête se mêlaient d'étourdissants vertiges qui faisaient de moi un homme ivre. Quelques hommes de l'équipage râlaient.

Le lendemain, le capitaine Nemo résolut d'écraser la couche de glace qui nous séparait encore de la nappe liquide. Cet homme avait conservé son sang-froid et son énergie. Il domptait par sa force morale les douleurs physiques. Il pensait, il combinait, il agissait.

Le bâtiment fut soulevé de la couche glacée par un changement de pesanteur spécifique. Lorsqu'il flotta, on le hala de manière à l'amener au-dessus de l'immense fosse ; puis, ses réservoirs s'emplissant, il descendit et s'emboîta dans l'alvéole. Tout l'équipage rentra à bord. Les robinets des réservoirs furent alors ouverts en grand, et cent mètres cubes d'eau s'y précipitèrent, accroissant de cent mille kilogrammes le poids du *Nautilus*. Nous attendions, nous écoutions, oubliant nos souffrances, espérant encore.

Malgré les bourdonnements qui emplissaient ma tête, j'entendis bientôt des frémissements sous la coque du *Nautilus*. Un dénivellement se produisit. La glace craqua avec un fracas singulier, pareil à celui du papier qui se déchire, et le *Nautilus* s'abaissa.

"Nous passons !" murmura Conseil à mon oreille. Je ne pus lui répondre. Je saisis sa main. Je la pressai dans une convulsion involontaire. Tout à coup, emporté par son effroyable surcharge, le *Nautilus* s'enfonça comme un boulet sous les eaux, c'est-à-dire qu'il tomba comme il eût fait dans le vide.

Alors toute la force électrique fut mise sur les pompes qui aussitôt commencèrent à chasser l'eau des réservoirs. Bientôt le manomètre indiqua un mouvement ascensionnel. L'hélice, marchant à toute vitesse, fit tressaillir la coque de tôle et nous entraîna vers le nord. Mais que devait durer cette navigation sous la banquise jusqu'à la mer libre ? Un jour encore ? Je serais mort avant.

Les heures qui s'écoulèrent ainsi, je ne saurais les évaluer. Mais j'eus la conscience de mon agonie. Je compris que j'allais mourir. Le *Nautilus* marchait avec une vitesse effrayante de quarante milles à l'heure.

Enfin le manomètre indiqua que nous n'étions plus qu'à vingt pieds de la surface. Un simple champ de glace nous séparait de la surface. Ne pouvait-on le briser ? Poussé par sa puissante hélice, le *Nautilus* attaqua l'iceberg par en dessous comme un formidable bélier. Il le crevait peu à peu, donnait à toute vitesse contre le champ qui se déchirait, et, emporté par un élan suprême, il s'élança sur la surface glacée qu'il écrasa de son poids.

Le panneau fut ouvert, on pourrait dire arraché, et l'air pur s'introduisit à flots dans toutes les parties du *Nautilus*.

Chapitre XVII

Les forces nous revinrent promptement. Le *Nautilus* marchait rapidement. Le cercle polaire fût bientôt franchi, et le cap mis sur le promontoire de Horn. Nous étions par le travers de la pointe américaine, le 31 mars ; il devint évident, à ma grande satisfaction, que nous revenions au nord par la route de l'Atlantique. Le 4 avril, nous nous trouvions par le travers de l'Uruguay. Nous avions fait alors seize mille lieues depuis notre embarquement dans les mers du Japon.

Le capitaine Nemo marchait avec une vitesse vertigineuse, et cette rapidité se soutint pendant plusieurs jours. Le 16 avril, nous eûmes connaissance de la Martinique et de la Guadeloupe, à une distance de trente milles environ. J'aperçus un instant leurs pitons élevés. Le 20 avril, voguant à une grande profondeur, nous longeâmes des falaises sous-marines tapissées de grandes herbes, de laminaires géantes, de fucus interminables, un véritable espalier d'hydrophytes dignes d'un monde de titans.

"Eh bien, dis-je, ce sont là de véritables cavernes à poulpes, et je ne serais pas étonné d'y voir quelques-uns de ces monstres.

— Je voudrais, dit Conseil, contempler en face l'un de ces poulpes dont j'ai tant entendu parler et qui peuvent entraîner des navires dans le fond des abîmes. Ces bêtes-là, ça se nomme des krak...

— Craque suffit, répondit ironiquement le Canadien.

— Krakens, riposta Conseil. Je me rappelle parfaitement avoir vu une grande embarcation entraînée sous les flots par les bras d'un céphalopode.

— Vous avez vu cela de vos propres yeux ? demanda Ned.

— De mes propres yeux.

— Où s'il vous plaît ?

— A Saint-Malo, dans une église... C'était un tableau qui représentait le poulpe en question !

— On ne peut nier, dis-je, qu'il existe des poulpes de très grande espèce. Les musées de Trieste et de Montpellier conservent des squelettes de poulpes qui mesurent deux mètres. D'ailleurs, un de ces animaux, longs de six pieds seulement, aurait des tentacules longs de vingt-sept. Ce qui suffit pour en faire un monstre formidable. En 1861,

dans le nord-est de Ténériffe, à peu près à la latitude où nous sommes, l'équipage de l'aviso
l'*Alecton* aperçut un monstrueux calmar...
— Et quelle était sa longueur? demanda le Ca-
nadien.
— Ne mesurait-il pas six mètres environ? dit
Conseil, qui, posté à la vitre, examinait de nou-
veau les anfractuosités de la falaise.
— Précisément, répondis-je.
— Sa tête, reprit Conseil, n'était-elle pas couron-
née de huit tentacules, qui s'agitaient comme une
nichée de serpents?
— Précisément.
— Ses yeux, placés à fleur de tête, n'avaient-ils
pas un développement considérable?
— Oui, Conseil.
— Et sa bouche, n'était-ce pas un véritable bec de
perroquet, mais un bec formidable?
— En effet, Conseil.
— Eh bien, n'en déplaise à monsieur, répondit
tranquillement Conseil, si ce n'est pas le calmar
en question, voici du moins un de ses frères.
— L'épouvantable bête!" s'écria Ned Land, qui
s'était précipité vers la vitre.

Je regardai à mon tour, et je ne pus réprimer
un mouvement de répulsion. C'était un calmar
de dimensions colossales, ayant huit mètres de
longueur. Il regardait de ses énormes yeux fixes à
teintes glauques. Son corps, fusiforme et renflé
dans sa partie moyenne, formait une masse char-
nue qui devait peser vingt à vingt-cinq mille
kilogrammes. Mais d'autres poulpes apparaissaient à la vitre de tribord. J'en comptai sept. Ils

faisaient cortège au *Nautilus*, et j'entendais les grincements de leur bec sur la coque de tôle.

Tout d'un coup le *Nautilus* s'arrêta. Un choc le fit tressaillir dans toute sa membrure. Le capitaine Nemo, suivi de son second, entra dans le salon. Sans nous parler, il alla au panneau, regarda les poulpes et dit quelques mots à son second. Celui-ci sortit. Les panneaux se refermèrent. Le plafond s'illumina.

"Une curieuse collection de poulpes, dis-je au capitaine.

— En effet, monsieur le naturaliste, et nous allons les combattre corps à corps.

— Corps à corps ?

— Oui, monsieur. L'hélice est arrêtée. Je pense que les mandibules cornées de l'un de ces calmars se sont engagées dans les branches. Ce qui nous empêche de marcher.

— Et qu'allez-vous faire ?

— Remonter à la surface et massacrer toute cette vermine. Les balles électriques sont impuissantes contre ces chairs molles. Nous les attaquerons à la hache.

— Et au harpon, monsieur, dit le Canadien, si vous ne refusez pas mon aide.

— Je l'accepte, maître Land."

Suivant le capitaine Nemo, nous nous dirigeâmes vers l'escalier central. Là, une dizaine d'hommes armés de haches d'abordage se tenaient prêts à l'attaque. Ned Land saisit le harpon.

Le *Nautilus* était alors revenu à la surface. Les écrous étaient à peine dégagés, que le panneau se releva avec violence, évidemment tiré par la ventouse d'un bras de poulpe. Aussitôt un de ces longs bras se glissa comme un serpent par l'ouverture, et vingt autres s'agitèrent au-dessus. D'un coup de hache, le capitaine Nemo coupa ce formidable tentacule, qui glissa sur les échelons en se tordant.

Au moment où nous nous pressions les uns sur les autres pour atteindre la plate-forme, deux autres bras, cinglant l'air, s'abattirent sur le marin placé devant le capitaine et l'enlevèrent avec une violence irrésistible. Le capitaine poussa un cri et s'élança. Nous nous étions précipités à sa suite.

Quelle scène ! Le malheureux, saisi par le tentacule et collé à ses ventouses, était balancé dans l'air. Il râlait, il étouffait, il criait : "A moi ! à moi !" Ces mots, *prononcés en français,* me causèrent une profonde stupeur. J'avais donc un compatriote à bord, plusieurs peut-être ! Cet appel déchirant, je l'entendrai toute ma vie ! Cependant le capitaine Nemo s'était précipité sur le poulpe, et, d'un coup de hache, il lui avait encore abattu un bras. Son second luttait avec rage contre d'autres monstres qui rampaient sur les flancs du *Nautilus.* L'équipage se battait à coups de hache. Le Canadien, Conseil et moi, nous enfoncions nos armes dans ces masses charnues. Une violente odeur de musc pénétrait l'atmosphère. C'était horrible.

Un instant, je crus que le malheureux serait sauvé. Sept bras sur huit avaient été coupés. Un seul, brandissant la victime comme une plume,

se tordait dans l'air. Mais au moment où le capitaine et son second se précipitaient sur lui, l'animal lança une colonne d'un liquide noirâtre. Nous en fûmes aveuglés. Quand ce nuage se fut dissipé, le calmar avait disparu, et avec lui mon infortuné compatriote !

Quelle rage nous poussa alors contre ces monstres ! On ne se possédait plus. Dix ou douze poulpes avaient envahi la plate-forme et les flancs du *Nautilus*. Nous roulions pêle-mêle au milieu de ces tronçons de serpents qui tressautaient sur la plate-forme dans des flots de sang et d'encre noire. Le harpon de Ned Land, à chaque coup, se plongeait dans les yeux glauques des calmars et les crevait. Mais mon audacieux compagnon fut soudain renversé par les tentacules d'un monstre qu'il n'avait pu éviter. Le formidable bec du calmar s'ouvrit sur Ned Land. Ce malheureux allait être coupé en deux. Je me précipitai, mais le capitaine Nemo m'avait devancé. Sa hache disparut entre les deux énormes mandibules, et miraculeusement sauvé, le Canadien plongea son harpon tout entier jusqu'au triple cœur du poulpe.

"Je me devais cette revanche !" dit le capitaine au Canadien.

Les monstres vaincus, mutilés, frappés à mort, nous laissèrent enfin et disparurent sous les flots.

Le capitaine Nemo, rouge de sang, immobile près du fanal, regardait la mer qui avait englouti l'un de ses compagnons, et de grosses larmes coulaient de ses yeux. Puis il rentra dans sa chambre, et je ne le vis plus pendant quelque temps.

Chapitre XVIII

Le *Nautilus* maintenant naviguait au hasard, comme s'il ne pouvait s'arracher du théâtre de sa dernière lutte. Dix jours se passèrent ainsi. Le 1er mai seulement, il reprit franchement sa route au nord. Le 8 mai, nous étions en travers du cap Hatteras, à la hauteur de la Caroline du Nord. Toute surveillance semblait bannie du bord. Dans ces conditions, une évasion pouvait réussir. Mais le temps était fort mauvais. Ned Land en convenait lui-même, aussi rongeait-il son frein.

Le 15 mai, nous étions sur l'extrémité méridionale du banc de Terre-Neuve. Le *Nautilus*, au lieu de continuer à marcher au nord, prit alors direction vers l'est. Le 28 mai, nous n'étions plus qu'à cent cinquante kilomètres de l'Irlande. Ensuite, notre direction s'abaissa vers le sud. Le 30 mai, le *Nautilus* passait en vue du Land's End, entre la pointe extrême de l'Angleterre et les Sorlingues, qu'il laissa à tribord.

Pendant toute la journée du 31 mai, le *Nautilus* décrivit sur la mer une série de cercles qui m'intriguèrent vivement. Il semblait chercher un endroit qu'il avait peine à trouver. Le lendemain, il conserva les mêmes allures. Il était évident qu'il cherchait à reconnaître un point précis de l'Océan. La mer était belle, le ciel pur. A huit milles dans l'est, un grand navire à vapeur se dessinait sur la ligne d'horizon. Aucun pavillon ne battant à sa corne, je ne pus reconnaître sa nationalité.

J'étais en ce moment sur la plate-forme. Le capitaine Nemo y monta faire le point. Lorsque son relèvement fut terminé, il prononça ces seuls mots :

"C'est ici !"

Il redescendit. Avait-il vu le bâtiment qui modifiait sa marche et semblait se rapprocher de nous ? Je ne saurais le dire.

Je revins au salon. Le *Nautilus* commença de s'enfoncer suivant une ligne verticale. Quelques minutes plus tard, il s'arrêtait à une profondeur de huit cent trente-trois mètres et reposait sur le sol. Le plafond s'éteignit alors, les panneaux s'ouvrirent, et à travers les vitres j'aperçus la mer vivement illuminée. Par tribord, je crus reconnaître les formes épaissies d'un navire, rasé de ses mâts, qui devait avoir coulé par l'avant. Quel était ce navire. Pourquoi le *Nautilus* venait-il visiter sa tombe ? Je ne savais que penser, quand, près de moi, j'entendis le capitaine Nemo dire d'une voix lente :

"Autrefois ce navire se nommait le *Marseillais*. Il portait soixante-quatorze canons et fut lancé en 1762. En 1778, le 13' août, il se battait audacieusement contre le *Preston*. En 1779, le 4 juillet, il assistait avec l'escadre de l'amiral d'Estaing à la prise de Grenade. En 1781, le 5 septembre, il prenait part au combat du comte de Grasse dans la baie de la Chesapeak. En 1794, la république française lui changeait son nom.

Le 16 avril de la même année, il rejoignait à Brest l'escadre de Villaret-Joyeuse. Le 11 et le 12 prairial an II, cette escadre se rencontrait avec les vaisseaux anglais. Monsieur, c'est aujourd'hui le 13 prairial, le 1er juin 1868. Il y a soixante-quatorze ans, jour pour jour, à cette place même, par 47º24' de latitude et 17º28' de longitude, ce navire, après un combat héroïque, démâté de ses trois mâts, l'eau dans ses soutes, le tiers de son équipage hors de combat, aima mieux s'engloutir avec ses trois cent cinquante-six marins que de se rendre, et clouant son pavillon à sa poupe, il disparut sous les flots au cri de Vive la République !

— Le *Vengeur* ! m'écriai-je.

— Oui ! monsieur. Le *Vengeur* ! Un beau nom !" murmura le capitaine Nemo en se croisant les bras.

Cette façon de dire, l'émotion avec laquelle l'étrange personnage avait prononcé ses dernières paroles, ce nom de *Vengeur*, tout se réunissait pour frapper profondément mon esprit. Ce n'était pas une misanthropie commune qui avait enfermé dans les flancs du *Nautilus* le capitaine Nemo et ses compagnons, mais une haine monstrueuse ou sublime que le temps ne pouvait affaiblir. Cette haine cherchait-elle encore des vengeances ? L'avenir devait bientôt me l'apprendre.

Cependant le *Nautilus* remontait lentement ; bientôt un léger roulis m'indiqua que nous flottions à l'air libre. En ce moment, une sourde détonation se fit entendre. Le capitaine ne bougea pas.

"Capitaine?" dis-je.

Il ne répondit pas. Je le quittai et montai sur la plate-forme. Conseil et le Canadien m'y avaient précédé. Je regardai dans la direction du navire que j'avais aperçu. Il s'était rapproché et l'on voyait qu'il forçait la vapeur.

"D'où vient cette détonaton? demandai-je.

— Un coup de canon," répondit Ned Land.

Le bâtiment se dirigeait vers nous. Bientôt le Canadien m'annonça que c'était un grand vaisseau de guerre, à éperon, un deux-ponts cuirassé. Une épaisse fumée noire s'échappait de ses deux cheminées. Soudain, une vapeur blanche jaillit à l'avant du vaisseau; puis, quelques secondes plus tard, les eaux, troublées par la chute d'un corps pesant, éclaboussèrent l'arrière du *Nautilus*. Peu après, une détonation frappait mon oreille.

"Comment? Ils tirent sur nous! m'écriai-je. Ils ne nous prennent pas pour des naufragés accrochés à une épave. Ils doivent pourtant bien voir qu'ils ont affaire à des hommes.

— C'est peut-être pour cela!" répondit Ned Land en me regardant.

Toute une révélation se fait dans mon esprit. Sans doute le commandant Farragut avait reconnu que le narwal était un bateau sous-marin plus dangereux que le cétacé naturel?

Cependant les boulets se multipliaient autour de nous, mais aucun n'atteignit le *Nautilus*. Ned Land prit son mouchoir pour l'agiter en l'air. Mais il l'avait à peine déployé, que, terrassé par une main de fer malgré sa force prodigieuse, il tombait sur le pont.

"Misérable ! s'écria le capitaine Nemo, veux-tu donc que je te cloue sur l'éperon du *Nautilus* avant qu'il ne se précipite contre ce navire !"

Le capitaine Nemo, terrible à entendre, était plus terrible encore à voir. Sa face avait pâli ; ses pupilles s'étaient contractées effroyablement.

"Monsieur, m'écriai-je, allez-vous donc attaquer ce navire ?

— Monsieur, je vais le couler. L'attaque est venue. La riposte sera terrible. Je suis le droit, je suis la justice ! Je suis l'opprimé, et voilà l'oppresseur ! C'est par lui que ce que j'ai aimé, chéri, vénéré : patrie, femme, enfants, mon père, ma mère, tout a péri ! Tout ce que je hais est là ! Taisez-vous ! Rentrez..."

Nous ne pouvions qu'obéir. Une quinzaine de marins du *Nautilus* entouraient le capitaine et regardaient avec un implacable sentiment de haine ce navire qui s'avançait vers eux.

Bientôt le panneau supérieur se ferma. Le *Nautilus* s'immergea à quelques mètres au-dessous de la surface des eaux. Nous étions emprisonnés de nouveau, témoins obligés du sinistre drame qui se préparait. D'ailleurs nous eûmes à peine le temps de réfléchir. La vitesse du *Nautilus* s'accrut. C'était son élan qu'il prenait ainsi. Soudain je poussai un cri. Un choc eut lieu, mais relativement léger. Je sentis la force péné-trante de l'éperon d'acier. J'entendis des éraillements, des raclements : le *Nautilus*, emporté par sa puissance de propulsion, passait au travers de la masse du vaisseau comme l'aiguille du voilier à travers la toile !

Fou, éperdu, je m'élançai hors de ma chambre vers le salon. Le capitaine Nemo était là. Muet, sombre, implacable, il regardait par le panneau de bâbord. Une masse énorme sombrait sous les eaux, et, pour ne rien perdre de son agonie, le *Nautilus* descendait dans l'abîme avec elle. A dix mètres de moi, je vis cette coque entr'ouverte, où l'eau s'enfonçait avec un bruit de tonnerre, puis la double ligne des canons et les bastingages. Le pont était couvert d'ombres noires qui s'agitaient.

L'eau montait. Les malheureux s'élançaient dans les haubans, s'accrochaient aux mâts, se tordaient sous les eaux. C'était une fourmilière surprise par l'envahissement d'une mer !

Tout à coup une explosion se produisit. L'air comprimé fit voler les ponts du bâtiment. La poussée des eaux fut telle que le *Nautilus* dévia. Alors le malheureux navire s'enfonça plus rapidement. Ses hunes, chargées de victimes, apparurent, ensuite ses barres, pliant sous les grappes d'hommes, enfin le sommet de son grand mât. Puis la masse sombre disparut, et avec elle cet équipage de cadavres entraînés par un formidable remous...

Quand tout fut fini, le capitaine entra dans sa chambre. Je le suivis des yeux. Sur le panneau du fond, je vis le portrait d'une femme jeune encore et de deux petits enfants. Le capitaine Nemo les regarda pendant quelques instants,

leur tendit les bras, et, s'agenouillant, il fondit en sanglots.

Chapitre XIX

A l'intérieur du *Nautilus*, ce n'était que ténèbres et silence. J'éprouvais une insurmontable horreur pour le capitaine Nemo. Quoi qu'il ait souffert de la part des hommes, il n'avait pas le droit de punir ainsi. Il m'avait fait, sinon le complice, du moins le témoin de ses vengeances ! C'était déjà trop.

Le *Nautilus* fuyait dans le nord avec une rapidité de vingt-cinq milles à l'heure. Depuis ce jour, qui pourra dire jusqu'où il nous entraîna dans ce bassin de l'Atlantique nord ? Cette course aventureuse se prolongea pendant quinze ou vingt jours, et je ne sais ce qu'elle aurait duré, sans la catastrophe qui termina ce voyage. Du capitaine Nemo, il n'était plus question. Pas un homme de l'équipage ne fut visible un seul instant. Plus de point reporté sur le planisphère. Je ne savais où nous étions.

Un matin, quand je m'éveillai, je vis Ned Land se pencher sur moi, et je l'entendis me dire à voix basse :

"Nous allons fuir !

— Quand ? demandai-je.

— La nuit prochaine, Nous sommes en vue de terres que je viens de relever, à vingt milles à l'est.

— Oui ! Ned. Oui, nous fuirons cette nuit, dût la mer nous engloutir.

— A dix heures, ce soir, venez au canot. Conseil et moi, nous vous y attendrons."

Il sortit. J'étais décidé à tout. Je me rendis au salon. Je jetai un dernier regard sur ces merveilles de la nature, sur ces richesses de l'art entassées dans ce musée. Je voulus fixer dans mon esprit une impression suprême. Puis je revins à ma chambre.

Là, je revêtis de solides vêtements de mer. Je rassemblai mes notes et les serrai précieusement sur moi. Je revis dans un rapide souvenir toute mon existence à bord du *Nautilus*... tous ces événements grandissaient la figure du capitaine Nemo. Son type s'accentuait et prenait des proportions surhumaines. Ce n'était plus mon semblable, c'était l'homme des eaux, le génie des mers.

Quand l'heure vint, éperdu, je montai l'escalier central, et, suivant la coursive supérieure, j'arrivai au canot. J'y pénétrai par l'ouverture qui avait déjà livré passage à mes deux compagnons.

"Partons ! Partons ! m'écriai-je.

— A l'instant !" répondit le Canadien.

L'orifice évidé dans la tôle du *Nautilus* fut fermé et boulonné. L'ouverture du canot se ferma également. Soudain un bruit de voix se fit entendre. S'était-on aperçu de notre fuite ? Ned Land me glissa un poignard dans la main. Ce n'était pas à nous que l'équipage en voulait.

"Maelstrom ! Maelstrom !" criait-il.

Maelstrom : un nom plus effrayant pouvait-il retentir à notre oreille. Le *Nautilus* était-il entraîné dans ce gouffre? On sait qu'au moment du flux, les eaux resserrées entre les îles Feroë et Loffoden sont précipitées avec une irrésistible violence. Elles forment un tourbillon dont aucun navire n'a jamais pu sortir. De tous les points de l'horizon accourent des lames monstrueuses. Elles constituent ce gouffre justement appelé le "Nombril de l'Océan", dont la puissance d'attraction s'étend jusqu'à une distance de quinze kilomètres. Là sont aspirés non seulement les navires, mais les baleines, mais aussi les ours blancs des régions boréales.

C'est là que le *Nautilus* — involontairement ou volontairement peut-être — avait été engagé par son capitaine. Nous étions dans l'épouvante, et quel bruit autour de notre frêle canot !

"Il faut tenir bon, dit Ned, et revisser les écrous !"

Il n'avait pas achevé de parler, qu'un craquement se produisait, et le canot, arraché de son alvéole, était lancé comme la pierre d'une fronde au milieu du tourbillon. Ma tête porta sur une membrure de fer, et je perdis connaissance.

Conclusion

Quand je revins à moi, j'étais couché dans la cabane d'un pêcheur des îles Loffoden. Mes deux compagnons, sains et saufs, étaient près de moi et me pressaient les mains. Nous nous embrassâmes avec effusion.

Me croira-t-on ? Je ne sais. Peu importe, après tout. Ce que je puis affirmer maintenant, c'est mon droit de parler de ces mers sous lesquelles, en moins de dix mois, j'ai franchi vingt mille lieues. Mais qu'est devenu le *Nautilus* ? A-t-il résisté aux étreintes du maelstrom ? Le capitaine Nemo vit-il encore ? Je l'espère. J'espère également que son puissant appareil a vaincu la mer dans son gouffre le plus terrible et que le *Nautilus* a survécu là où tant de navires ont péri. S'il en est ainsi, si le capitaine Nemo habite toujours cet Océan, sa patrie d'adoption, puisse la haine s'apaiser dans ce cœur farouche ! Que le justicier s'efface, que le savant continue ! Si sa destinée est étrange, elle est sublime aussi. Ne l'ai-je pas compris moi-même ? N'ai-je pas vécu dix mois de cette existence extra-naturelle ? Aussi, à cette demande posée, il y a six mille ans, par l'Ecclésiaste : "Qui a jamais pu sonder les profondeurs de l'abîme ?" deux hommes entre tous les hommes ont le droit de répondre maintenant : le capitaine Nemo et moi.

FIN

Jules Verne, né en 1828, mourut en 1905. Il fit ses études de droit, mais se passionna surtout pour les découvertes scientifiques et les voyages. Ses premiers écrits furent des pièces; toutefois, son rêve était de créer le «roman de la science», genre qu'il inventa en effet avec *Cinq semaines en ballon* (1864); *De la terre à la lune* (1865); *Les enfants du capitaine Grant* (1867-68); *Vingt mille lieues sous les mers* (1870); *Le tour du monde en quatre-vingts jours* (1873); *L'île mystérieuse*, etc. Jules Verne est l'écrivain français le plus traduit dans le monde.

Édouard Riou, peintre et illustrateur français, né à Saint-Servan (Ille-et-Vilaine) en 1838, est mort à Paris en 1900. Élève de Daubigny et de Gustave Doré, Riou a été surtout un fécond illustrateur. Innombrables sont les dessins qu'a multipliés son crayon pour *le Tour du Monde, l'Illustration, le Monde illustré,* ainsi que pour de nombreux romans de Jules Verne, d'Erckmann-Chatrian, pour les ouvrages scientifiques de Louis Figuier, et encore pour les voyages ou explorations de Brazza, de Stanley, de Gallieni, etc.